अरे...ओ'हेनरी

ओ'हेनरी की कहानियों पर रचे
12 हिन्दुस्तानी ड्रामे

अरे...ओ'हेनरी

गुलज़ार

राधाकृष्ण प्रकाशन

ISBN : 978-93-48157-42-3

अरे...ओ'हेनरी

पहला संस्करण : 2025

मूल्य : ₹499

प्रकाशक
राधाकृष्ण प्रकाशन प्राइवेट लिमिटेड
जी-17, जगतपुरी, दिल्ली-110 051
शाखाएँ : अशोक राजपथ, साइंस कॉलेज के सामने, पटना-800 006
पहली मंजिल, दरबारी बिल्डिंग, महात्मा गांधी मार्ग, प्रयागराज-211 001
1, अनमोल सोराबजी सन्तुक लेन, धोबी तलाव, मरीन लाइंस, मुम्बई-400 002
वेबसाइट : www.radhakrishnaprakashan.com
ई-मेल : info@radhakrishnaprakashan.com

मुद्रक
यश प्रिंटोग्राफिक्स
नोएडा-201 301 (उत्तर प्रदेश)

AREY...O'HENRY
Plays by Gulzar

अरे ओ कैलाश,
ओ सलीम,
ज़रा O'Henry को देखना!

लुबना सलीम

सलीम आरिफ़ और गुलज़ार साहब, नई दिल्ली में 'अरे...ओ 'हेनरी' शो के बाद मंच पर टीम के साथ एक हल्के-फुल्के पल में

क्रम

पेश लफ़्ज़

मेरे साथ दो माउन थे। अंग्रेज़ी में असिस्टेंट कहते हैं। एक कैलाश अडवानी और दूसरे सलीम आरिफ़!

दोनों स्टेज और फ़िल्म के मीडियम से आए थे। जब टी.वी. शुरू हुआ तो मैंने एक सीरियल बनाया : 'मिर्ज़ा ग़ालिब' की ज़िन्दगी पर। सलीम आरिफ़ मेरे साथ शामिल हो गए।

कैलाश ने 'ओ'हेनरी' की कहानियों पर टी.वी. सीरियल बनाने की ख़्वाहिश ज़ाहिर की और चाहा कि मैं उन्हें हिन्दुस्तानी माहौल में ढाल दूँ। बहुत ख़ूबसूरत तख़्लीक़ी यानी Creative चैलेंज था।

ओरिजनल (Original) कहानियाँ सब 'ओ'हेनरी' की हैं। लेकिन वो हिन्दुस्तानी पहनावा इतना दिलचस्प हुआ कि उस सीरियल के बाद सलीम आरिफ़ की ख़्वाहिश हुई कि अब उन्हें स्टेज पर भी अदा किया जाए। Perform किया जाए, कोई और क्या कहेंगे हिन्दुस्तानी में?

वो तजरबा भी इतना कामयाब हुआ कि सलीम आरिफ़ तो स्टेज के होके रह गए।

मैं अपने दोनों माउनों से हाथ धो बैठा। निहत्था बैठा हूँ ये किताब लेकर, अशोक महेश्वरी के साथ। अब उनका माउन हो गया हूँ।

—गुलज़ार

बाल-बाल बचे

1

ज़हीर बार्बर (नाई) मशहूर थे अपनी बातों के लिए। बाल काटते हुए या शेव करते हुए अपने गाहक को बहलाए रखते थे। कुछ गाहक तो उनकी गप्पें सुनने के लिए ही बाल कटवाने पहुँच जाते थे, और देर तक जमे रहते थे कुर्सी में।

प्रेमनाथ भी उन्हीं में से एक थे, जो शेव कराने उसके पास आते। ध्यान लगाए सुन रहे थे ज़हीर की बात।

"अंडा तो फिर अंडा ही होता है साहब। रुंड-मुंड चिकना, चटैल। जैसे चिकने घड़े पे पानी नहीं ठहरता, अंडे पर ओस कहाँ से ठहरती! लेकिन फिर भी हिम्मत न छोड़ी मौलाना ने...। दही मल लेते अपनी गंजी टाँट पे। कभी जो ज़्यादा दब जाता तो अंडा टूट भी जाता टाँट पे। हर दस-पन्द्रहवें मैं जाता तो टोपी उतार दिखाते, 'ज़रा देखें तो मियाँ, जड़ पकड़ी किसी बाल ने...?' मैं कहता :

"बड़े मियाँ, क्यों इमली के पत्तों पे डंटर पीलते हो! हमारे दादा के पास एक नुस्ख़ा था। अंडे पे बाल उगा दिया करता था। लेकिन एक शर्त और है। दो महीने टोपी नहीं उतारोगे। न धूप लगे, न हवा। फिर देखिए, कैसे कुंडल मारती ज़ुल्फ़ें निकलती हैं! लगे कि सँपोली के बच्चे लहरा रहे हैं!"

प्रेमनाथ ने पूछा :

"फिर...?"

"फिर क्या! मौलाना मान गए। हमने नुस्ख़ा लिख दिया। मौलाना ने आज़माइश शुरू कर दी। सर पे टोपी बस यूँ समझिए कि आटा गूँध के चिपका दी। मुझे फ़िक्र थी कि दो महीने बाद क्या होगा? चार-छ हफ़्ते मैं जाता रहा। फिर आहिस्ता-आहिस्ता कतराने लगा। एक रोज़ मौलाना मेरे घर पे हाज़िर।

"अच्छा?" बाछें खिली हुई—मुस्कुराहट इस कान से उस कान तक। मैं सटपटाया। बोले :

"ज़हीर मियाँ, मो'जिज़ा हो गया। ज़रा टोपी तो उतारो हमारी।"

मेरे तो हाथ काँपने लगे। मैंने कहा :

"मैं ऐसी गुस्ताख़ी कैसे कर सकता हूँ?" बोले :

"अमाँ, ज़रा तुम देखो तो सही। कैसे सँपोली के बच्चे निकले हैं!"

"मैं डरा। मौलाना कहीं कोई साँप ही तो नहीं छुपा रखा टोपी में? लेकिन साहब, मौलाना ने ज़िद की और मैंने जो टोपी उतार के देखा तो..."

अचानक मुंडी मोड़ के प्रेमनाथ ने पूछा :

"बाल थे?"

"बाल? अरे साहब, काले-काले नाग के बच्चे लेहरा रहे थे!"

"क्या कह रहे हो—बाल नहीं थे?"

"अजी साहब, बाक़ायेदा ज़ुल्फ़ें लेहरा रही थीं।"

हैरत से प्रेमनाथ की आँखें फट गईं।

"क्या कह रहे हो!"

"साहब! मैंने मुफ़्त में तेल-मालिश की उनकी। मौलाना ने जेब से कंघी निकाली और दुआएँ देते हुए बोले..."

प्रेमनाथ ने बीच ही में बात काट दी।

"वो फ़ॉर्मूला है तुम्हारे पास?"

"किसी डायरी में ज़रूर लिखा होगा अब तक।"

ये केह के ज़हीर ने प्रेमनाथ के चेहरे पर गर्म तौलिया डाल के 'मसाज' करने लगे। साथ की कुर्सी पर काम करते बार्बर की तरफ़ देखा और आँख मारी। वो पहले ही से मुस्कुरा रहा था। प्रेमनाथ ने तौलिया खींच के उतार दिया।

"ज़हीर मियाँ, वो डायरी कहाँ है?"

"घर पे है साहब!"

प्रेमनाथ ने उनके हाथ पकड़ लिये।

"ज़हीर मियाँ, टालो मत। वो फ़ॉर्मूला ज़रूर तुम्हें याद होगा। हमें लिखवा दो।"

"अरे क्या बात कर रहे हैं हुज़ूर! ज़बानी तो हमें बच्चों के नाम याद नहीं रहते।...एक बेमानी-सा नुस्ख़ा कहाँ से याद रहेगा!"

"उस नुस्ख़े के मानी तो हम जैसे गंजों से पूछो—ये लो।"

सौ रुपये का नोट बढ़ाया ज़हीर की तरफ़।
"ये सौ रुपये नुस्ख़े के और ये पचास शेव और मालिश के।"

ज़हीर का चेहरा बदल गया। मुस्कुरा के बोले :
"अब ऐसा नुस्ख़े सौ रुपये में नहीं आता साहब! हम ला देंगे आपको लेकिन याद रहे..."
प्रेमनाथ भी मुस्कुराए।
"ठीक है—बाक़ी जब नुस्ख़ा दोगे।"

ये कहते हुए टोपी उठाई, और अपने गंजे सर पे रखते हुए, 'बार्बर शॉप' से निकल गए। ज़हीर ने ध्यान से सौ का नोट देखा और मुस्कुरा के जेब में दबा दिया।

2

प्रेमनाथ फिर एक बार आए, 'बार्बर शॉप' पर। अपना ब्रीफ़केस किनारे पे रखा। टोपी उतारी और ज़हीर वाली कुर्सी में धँस गए। ज़हीर पहुँचे।
"नमस्ते साहब!"
"नमस्ते!"
"शेव साहब?"
"हाँ, शेव तो करेंगे, लेकिन अपना फ़ॉर्मूला लेकर जाएँगे। डायरी तो लाए होंगे?"
"डायरी तो नहीं लाए साहब। हमें क्या पता था, आप इतनी जल्दी आ जाएँगे! आप तो कभी-कभार आया करते थे।"
"हमने तो कहा था, अगली बार आएँगे तो..."

ज़हीर सरगोशी के अन्दाज़ में बोले :
"अब ऐसी चीज़ इधर-उधर थोड़े ही लाके रखी जाती है हुज़ूर। वैसे हम लिखवा देंगे आपको। हमें याद है। लेकिन एक बात कह दें..."

प्रेमनाथ ने बात काटी :
"पैसे हम तुम्हें दे देंगे। उसकी फ़िक्र न करो।"

"वो नहीं—हम कह रहे थे कि अगर कहीं ख़ुदा-ना-ख़्वास्ता तरकीब इस्तेमाल में कोई कमी रह गई—धूप, हवा कहीं से दाख़िल हो गई टोपी में, और नतीजा ये हुआ कि..."

प्रेमनाथ हलके से हँसे।
"बाल न आए तो हम तुमसे पैसे वापस नहीं माँगेंगे।"

ज़हीर ने शेव का साबुन लगाना शुरू किया।
"जी, वही! बिलकुल वही—मुझे ख़तरा था, आप कहीं मेरे बाल न उतार दें।"

दोनों हँसे। ज़हीर ने बातचीत शुरू की :
"आप वेजिटेरियन तो नहीं हैं?"
"हैं, क्यों?"
"इसलिए कि उसमें कुछ तितलियों का क़तल भी शामिल है। तीन तितलियों को सरसों के तेल में डुबो के धूप में सुखाना पड़ेगा।"

जैसे ही ज़हीर ने कहना शुरू किया। प्रेमनाथ नोट करने लग गए। बड़ी संजीदगी के साथ। ज़हीर अपना फ़ॉर्मूला फुसफुसाते गए, और गंजे सर की मालिश भी करते गए।

"नुस्ख़ा चाहें तो खोपरे के तेल में भी बन सकता है, लेकिन सरसों के तेल में ज़्यादा पुरअसर होता है। थोड़ी-सी दालचीनी पीस के अंडे की ज़र्दी में डाल दें, और ख़रबूज़े के बीज होते हैं न? तरबूज़ नहीं, याद रखिए ख़रबूज़ा। बहुत फ़र्क़ होता है दोनों के बीजों में। ख़रबूज़े की बीज पीस के शामिल कर लें। भून लेंगे तो और भी अच्छा है। पीसने में आसानी होगी। एक पेस्ट जैसा बन जाएगा। आप रहते कहाँ हैं?"

"बोरीवली!"
"फ़र्स्ट क्लास! वहाँ तो कच्ची घानी का तेल आसानी से मिल जाएगा। उसमें पेस्ट बनाइएगा। एक बार लगा के अल्लाह का नाम लीजिए...और फिर देखिए!"

प्रेमनाथ के चेहरे पर मुस्कुराहट आ गई—बोले :
"कैसे सँपोली के बच्चे लहराते हुए निकलते हैं!"
"बिलकुल! लेकिन याद रहे, दो महीने तक टोपी नहीं उतरनी चाहिए। धूप या हवा लग गई तो..."

"बेफ़िक्र रहो—दो महीने तक मैं बाहर ही नहीं निकलने वाला। अब दो महीने बाद ही तुमसे मुलाक़ात होगी।"

प्रेमनाथ ने पैसे दिये और सौ का एक नोट थमा दिया...ज़हीर ग़ौर से उसे देखते रहे। और फिर जेब में धकेल दिया।

3

दो महीने गुज़र चुके थे। एक और दिन ज़हीर किसी गाहक की शेव कर रहे थे और कह रहे थे :

"अंडा तो साहब, अंडा ही होता है! साफ़-सुथरा चिकना, चटियल—और मौलाना उस पर ओस जमाने की सोच रहे थे। किसी ने कह दिया और मौलाना ने मान लिया कि सुबह की ताज़ा ओस अगर गंजे के सर पर मलें तो बाल उग आते हैं।"

वो गाहक गंजा नहीं था लेकिन बात बड़ी दिलचस्पी से सुन रहा था। उसने ज़हीर से पूछा :

"ये सब तुमने उस आदमी को बताया?"

"जी हाँ! कोई दो महीने पहले की बात है।"

"मौलाना थे?"

"नहीं, नहीं—वो तो कोई पारिख भाई, या ऐसा ही नाम था। उन्हें ये मौलाना वाला क़िस्सा सुना रहा था, जिन्हें वो बाल उगाने का नुस्ख़ा दिया मैंने।"

"कब की बात है?"

"कोई तीन-चार महीने हुए।"

उसी वक़्त प्रेमनाथ, 'बार्बर शॉप' में दाख़िल हुए और आईने में नज़र आए। अचानक ज़हीर का चेहरा उतर गया। प्रेमनाथ मुस्कुराते हुए आए और साथ की कुर्सी में धँस गए। गाहक ने क़िस्सा जारी रखने के लिए कहा :

"फिर क्या हुआ? लौटकर नहीं आए?"

ज़हीर ने बात टाल दी।
"बाक़ी फिर कभी सुनाएँगे।"
"अरे, लेकिन मौलाना का क़िस्सा तो पूरा करो।"
"अगली बार बताएँगे आपको! वो तो...यूँ ही बस..."

ज़हीर ने जल्दी-जल्दी निपटाया उन्हें। गाहक को भी ज़रा हैरत हुई।
"क्या हुआ? ज़हीर भाई, अचानक क्यों चुप हो गए आप?"
"कुछ नहीं—आप इन्तज़ार कर रहे हैं न, इसलिए...आप हैं पारिख भाई।"

ज़हीर ने इशारा किया।
"ओह...!"

गाहक ने मुड़ के देखा उन्हें—और दबे लबों में हँसी छुपाने की कोशिश की। ज़हीर ज़रा घबराए और पूछा :
"कैसे हैं साहब? बहुत दिन बाद आए!"

ज़हीर ने ग़ौर से टोपी की तरफ़ देखा, और अन्दाज़ा लगाने की कोशिश की। पीछे के बाल तो वैसे ही थे या शायद कुछ ज़्यादा काले हो गए थे। कनपटियों पर भी कुछ वैसा ही लगा। शायद टोपी बदल गई थी। एक तो हाथ से रेज़र भी गिर पड़ा।

4

जब पहले वाला गाहक निकल गया तो ज़हीर, प्रेमनाथ की कुर्सी पर आ गए... तौलिया गरदन में डाला और पूछा :
"शेव साहब?"
"नहीं—बाल काटने हैं।"

ज़हीर ने घबरा के थूक निगला।
"अच्छा-अच्छा, टोपी उतारिए!"
"ख़ुद ही उतार लो टोपी और देखो, नाग के काले बच्चों को!"

काँपते हाथों से ज़हीर ने टोपी उतारी और हैरत से मुँह खुले का खुला रह गया। सर पे लम्बी-लम्बी ज़ुल्फ़ें उग आई थीं। एक लम्बी साँस लेकर बोले :

"क्या ख़ूबसूरत बाल उग आए हैं साहब!"

प्रेमनाथ मुस्कुराते रहे।

"आख़िर मेरे परदादा का नुस्ख़ा काम आ गया।"

"बिलकुल! मैं तो दो महीने के बाद ही आ जाता। लेकिन मैंने एक और रिश्तेदार पर आज़माया तुम्हारा फ़ॉर्मूला—और उनके भी महीने भर में बाल निकल आए।"

"ओह, हाँ, अच्छा? बहुत ख़ूब—कमाल है। वो तो होना ही था।"

ज़हीर तो बौखला ही गए। उन्हें समझ नहीं आया, क्या कहें...बड़े ध्यान से क़ैंची सँभाल के बाल कतरने शुरू किये। प्रेमनाथ ने समझाया :

"बस, थोड़े-थोड़े-से कटिंग कर दो।"

"जी...!"

मारे तजस्सुस के ज़हीर ने पूछा :

"तो दो महीने तक आपने धूप और हवा से..."

प्रेमनाथ हँस पड़े :

"वो सब बकवास है। जो पेस्ट तुमने बताई थी—बस, वही काफ़ी थी।"

"ओह...! अच्छा!"

बाल काटते-काटते कई बार ज़हीर की साँस ऊपर-नीचे हुई।

4 (A)

बाल कट गए और प्रेमनाथ ने शायद टोपी भी नहीं पहनी, चलने लगे और कटिंग के पैसे दिये तो ज़हीर बोले :

"रहने दीजिए पारिख साहब! अब आपसे क्या पैसे लेने हैं।"

प्रेमनाथ ने बटुआ वापस जेब में रख लिया...ज़हीर दरवाज़े तक पहुँचाने गए। बाहर पहुँचकर बड़ी नर्मी से कहा :

"पारिख साहब, आपको एक छोटी-सी ज़हमत दूँ। मेरी वो डायरी जिसमें वो नुस्ख़ा लिखा था, कहीं खो गई है। वो नुस्ख़ा एक बार लिखवा देंगे? मुझे याद नहीं रहा।"

"कोई बात नहीं! वो पेस्ट मुझसे ले लीजिएगा। दो सौ की एक शीशी बेच रहा हूँ। और सच तो ये है, मेरा इरादा है कि उसे अपने नाम से पेटेंट करवा लूँ।"

ज़हीर ने गिले करने वाले लहजे में कहा :

"ये तो मुनासिब नहीं है पारिख साहब! हमने बरसों नुस्ख़ा सँभाल के रखा है लेकिन कभी नाजायज़ फ़ायदा नहीं उठाया।"

प्रेमनाथ मुस्कराए :

"देखिए ज़हीर मियाँ—असल बात ये है कि आपके पास ऐसा कोई नुस्ख़ा नहीं था। आपने ख़्वाहमख़्वाह अँधेरे में पत्थर मारा था, वो ग़लती से निशाने पर लग गया। और मुझ पर आपने कोई एहसान नहीं किया, क्योंकि आपने उस नुस्ख़े के दो सौ रुपये लिये थे मुझसे।"

"आप दो सौ वापस ले लीजिए।"

ज़हीर ने अपना बटुआ निकाला...प्रेमनाथ बोले :

"दो सौ तो नहीं—अब ज़्यादा लगेंगे।"

"पाँच सौ?"

"दो हज़ार!"

ज़हीर एक मिनट न रुके।

"पक्की बात! ये पाँच सौ रख लीजिए। पन्द्रह सौ बाद में देता हूँ!"

"ठीक है। पन्द्रह सौ ले आइए—और अपना नुस्ख़ा ले जाइए। ये रहा मेरा कार्ड। बोरीवली में रहता हूँ!"

प्रेमनाथ ने पाँच सौ जेब में रखे और अपना कार्ड देकर चल दिये। ज़हीर दुकान में लौटे तो साथी बार्बर ने पूछा :

"क्या हुआ?"

"बाल देखे उसके? उस गंजे के?"

"मैं तो हैरान रह गया यार—लेकिन ये हुआ कैसे?"
"वो एक नुस्ख़ा जो मैंने झूठ-मूठ फेंका था, वो हिट हो गया!"
"उसके तो वारे-न्यारे हो गए, बैठे-बिठाए लखपती हो गया!"
"और क्या?"
"नुस्ख़ा याद नहीं तुझे?"
"नहीं!"
"वो गंजा बता देगा?"
"अब तो गंजा मत कह यार!"
"पर वो बता देगा?"
"लगता तो है। पाँच सौ ले गया। पन्द्रह सौ और देने का वादा किया है। आज शाम को।"
"दुकान से उधार ले ले!"
"देखता हूँ, घर जाता हूँ। सास से माँगता हूँ, वो दे देगी।"

ज़हीर ने अपना 'ऐरपन' खोला...बाहर आए। टैक्सी लेकर रवाना हो गया।

5

ज़हीर कार्ड हाथ में लेकर ठीक पते पर पहुँच गए। हाउसिंग सोसाइटी के चौकीदार ने कार्ड देखा और कहा :
"चौथे माले पर रहते हैं। किससे मिलना है?"

ज़हीर ने कार्ड दोबारा दिखाया :
"यही, पी.एन.पारिख!"
"अरे भई, दोनों ही पी.एन.पारिख हैं। तुम्हें किससे मिलना है?"
"दोनों मतलब?"

चौकीदार मुस्कुराया :
"दोनों भाई हैं—एक प्रेमनाथ पारिख हैं, एक पियानाथ पारिख। दोनों जुड़वाँ हैं। एक-सी शकल है। एक-सी आवाज़ है। एक-सा ही बोलते हैं। बस, एक फ़र्क़ है..."

ज़हीर के दिल ने डुबकी खाई।
"क्या...?"
"एक गंजा है। दूसरे के बाल हैं।"

ज़हीर के पाँव काँप गए। वो वहीं चौकीदार की कुर्सी पर बैठ गए।

[फ़ेड आउट]

ब्लेस यू

1

मोना और बीना एक साथ रहती थीं। दोस्त थीं मगर कभी एक बात पर इत्तेफ़ाक़ नहीं करती थीं। सहमत न होती थीं।

मोना नहाने के बाद 'परफ़्यूम' लगा रही थी। और बीना नहाने जाने लगी तो ख़ुशबू सूँघ के रुक गई।

"ये तो कोई दूसरा 'परफ़्यूम' है!"

मोना ने गरदन घुमा के फ़ख़्र से देखा।

"Ya Francis...है माई डियर। बिलकुल नया आया है। पेरिस से!"

बीना ने सवाल किया :

"शीशी कितने की है?"

"साढ़े सात सौ की...!"

"साढ़े सात सौ की? इतना-सा—बस, दो घूँट!"

मोना हँस पड़ी।

"ये सॉफ़्ट ड्रिंक नहीं है, परफ़्यूम की शीशी इतनी ही होती है।"

बीना उसे अच्छी तरह जानती थी—बोली :

"और साढ़े सात सौ डेफ़िनेटली तुमने अपनी सैलेरी में से कटवा लिये होंगे। है न?"

मोना ने गरदन हिलाकर हामी भरी। जानती थी, अब डाँट पड़ेगी। और वही हुआ।

"मोना, ये डिपार्टमेंटल स्टोर की नौकरी छोड़ दे तू। आधी सैलेरी तो तेरी इन नई-नई फ़ैशनेबल चीज़ों में निकल जाती है!"

"नये-नये चेहरे भी तो मिलते हैं वहाँ—बस, एक मिलियनायर के मिलने की देर है। जिस दिन वो अपनी इम्पोर्टेड कार में बैठा ले जाएगा, ये सारे घाटे दूर हो जाएँगे।"

"और तब तक आधा पेट खाएगी तू?"

"डाइटिंग माई डियर...ज़्यादा कैलोरीज़ नहीं खानी चाहिए।"

और बात बदलकर बोली :

"और ये कैसे खड़ी है तू इज़ल की तरह, दोनों टाँगों पर? ऐसे खड़ी हो, देख, एक टाँग पर—दूसरा पैर आगे। कमर यूँ लचकी हुई और हिप्स बाहर, ऐसे... यू शुड लुक सेक्सी माई डियर...आपकी फ़िगर नज़र आनी चाहिए!"

बीना ने एक जमाई उसकी बम्ज़ पर और तौलिया उठाकर नहाने चली। मोना ड्रेसिंग टेबल से हटी।

मोना ने एक बड़ी फ़ैशनेबल कलाई घड़ी उठाई, और याद आया, वो कैसे मिली थी।

2

एक अमीरज़ादा स्टोर में दाख़िल हुआ और मोना के पास काउंटर पर पहुँचा।

"एक्सक्यूज़ मी, ये घड़ी मैं लौटाना चाहता हूँ। जिनके लिए ली थी, उन्हें पसन्द नहीं आई।"

"देखें...!"

मोना ने घड़ी खोलकर देखी।

"वाव—बहुत ख़ूबसूरत घड़ी है। क्यों पसन्द नहीं आई?"

एक शरीर क़िस्म की मुस्कुराहट आई अमीरज़ादे के लबों पर।

"शायद जेलिस महसूस किया हो। घड़ी ज़्यादा ख़ूबसूरत है।"

वो फिर हँसा और कहा :

"ज़रा आप पहन के देखिए, शायद घड़ी की शोभा बढ़ जाए!"

मोना ने रियेक्ट किया और पूछा :
"इसकी रसीद लाए हैं आप?"
"वो तो फाड़ दी थी।"
"उसके बग़ैर शायद हम वापस न ले सकें। एक मिनट ठहरिए। मैं पूछती हूँ।"

मोना चल के लॉबी मैनेजर के पास गई। गाहक उसे जाते हुए देखता रहा। लेडी मैनेजर बोलीं :
"सॉरी कह दो। बग़ैर रसीद के तो हम वापस नहीं लेते। और रसीद के साथ लेंगे तो भी 15% काट के। दूसरी कोई घड़ी दे सकते हैं। कुछ और ख़रीद लें।"

मोना वापस गई।
"माफ़ कीजिए, रसीद के बग़ैर हम वापस नहीं ले सकते। दूसरी कोई घड़ी दिखाऊँ?"

अमीरज़ादे की आँखों में चमक थी—बोला :
"दिखाइए...!"

मोना ने कुछ और घड़ियाँ दिखाईं। उसे एक पसन्द आई। सुनहरी पट्टे वाली।
"ये पैक कर दीजिए। घड़ी न पसन्द आई तो शायद सोने का पट्टा पसन्द आ जाए।"

वो मुस्कुरा के उसे देखता रहा। मोना ने फ़ौरन रसीद काट दी, और चालान देते हुए कहा :
"उधर कैश विंडो पर पे कर दीजिए।"

एक ख़ुश-निगाह देकर वो चला गया। मोना ने पहली घड़ी दूसरी सेल्सगर्ल को देते हुए कहा :
"ये गिफ़्ट पैक कर दो।"

सेल्सगर्ल ने पूछा :
"कौन था? बड़ी दिलचस्पी से देख रहा था तुम्हें?"

मोना ने अपने अन्दाज़ में हामी भरी :
"हूँ...फ़्लर्ट करने के मूड में थे!"

सेल्सगर्ल पैकिंग के लिए चली गई।

मोना ने बाक़ी घड़ियाँ रिपैक करते हुए देखा। अमीरज़ादा बाहर जाकर एक इम्पोर्टेड कार में रवाना हो गया।

उसी शाम जब स्टोर से निकलने वाली थी, वर्दीशुदा गेटकीपर ने आकर एक रुक़्क़ा दिया मोना को। साथ में एक पैकेट भी था।

"ये वक़्त अपनी कलाई पर बाँध लीजिए। कभी थोड़ा-सा बच जाए तो हमें भी दीजिएगा।"

थोड़ी बौखलाई मोना। और लेडी मैनेजर को जाकर गिफ़्ट और रुक़्क़ा दिखाया। मैनेजर देखकर बोलीं :

"ये वही हैं, जो घड़ी वापस करने आए थे?"

"जी...!"

(मुस्कुराईं) "रख लो!"

"मैं कैसे रख लूँ? ये तो..."

"रख लो—ऐसे घड़ीफेंक भी आते हैं। और आदमी कोई बुरा भी नहीं। इम्पोर्टेड कार भी है। करोड़पति भी हो सकता है।"

"करोड़पति लगता है...! मिसेज चोपड़ा, ही इज़ अ फ़्लर्ट..."

"तुम्हें क्या लेना उससे?"

थपकी देते हुए बोलीं :

"घड़ी बाँध लो कलाई पर—और ये काग़ज़ फाड़ के फेंक दो।"

3

मोना ने ड्रेसिंग टेबल के सामने खड़ी होकर वो घड़ी पहन ली। उसी वक़्त बीना नहा कर निकली।

"तू अभी तक तैयार नहीं हुई?"

बीना ने अलमारी से अपने कपड़े निकले। मोना ने कहा :

"क्या मिडल क्लास डिज़ाइन पहनती हो! हर एक स्टोर में यही टँगे होते हैं।"

"मेरी फ़ैक्टरी के हैं। हाफ़ प्राइज़ पर मिलते हैं। तुझे चाहिए तो बोल!"

"मैं नहीं पहनती ऐसे कपड़े जो बाहर सभी ने पहन रखे हों। ऐसा लगता है सब एक ही जगह से छप के निकलते हैं!"

बीना को बिलकुल बुरा नहीं लगा। बोली :
"आज टिफ़िन तैयार किया है मैंने। बना दूँ तेरे लिए भी?"
"मैं बर्गर खा लूँगी दोपहर को। ईज़ी रहता है यार।"
"ओके!"

बीना अन्दर चली गई। मोना ने एक 'फ़ैशनेबल' बैग उठाया, और आवाज़ दी :
"मैं चलती हूँ बीना। नौ दस की ट्रेन मिस हो जाएगी मेरी!"
"ओके!"

वो अभी कम्पाउंड ही में थी, जब बीना ने बालकनी से पुकारा :
"मोना, शाम को प्ले देखने चलेगी न? डेनी टिकेट्स ला रहे हैं।"
"ओह...आज सैटरडे है!"
"ओह...यस!"
"ओके...शाम को मिलती हूँ—वहीं पर।"

बीना कमरे में लौट आई—तैयार होकर अपनी डायरी उठाई तो एक फ़ोटो गिर पड़ा। फ़ोटो डेनी का था। वो मुस्कुरा रहे थे।

4

एक फ़ूड ज्वाइंट के पास एक बस स्टैंड था, जहाँ बीना पहली बार मिली थी डेनी से। वो बस स्टैंड पर खड़ी बस का इन्तज़ार कर रही थी, जब पीछे ही फ़ूडज्वाइंट पर एक स्कूटर आकर रुका। बेवजह ही, अचानक बीना को छींक आ गई। वो शख़्स जो स्कूटर से उतरा ही था, उसने रस्मन कह दिया :
"ब्लेस यू!"

कुछ रस्मन, कुछ आदतन ये कह के, वो शख़्स फ़ूडज्वाइंट की दुकान की तरफ़ बढ़ गया। बीना ने सुना लेकिन कुछ कहा नहीं। 'थैंक्यू' भी नहीं। जैसे ही अपना पर्स लेने स्कूटर के पास लौटा, बीना ने फिर छींक दी। आदतन उस शख़्स ने फिर वही कहा :

"ब्लेस यू!"

और उसकी तरफ़ देखकर मुस्कुराया भी। बीना भी मुस्कुरा दी और इस बार कह दिया :

"थैंक्यू...सॉरी!"

सॉरी भी कहा...और वो दुकान लौट गया। पैसे देकर अपना पैकेट लेकर जब वो शख़्स वापस आया अपने स्कूटर पर तो बीना को एक बार और छींक आ गई। फिर रस्मन कहा उस शख़्स ने :

"ब्लेस यू!"

"सॉरी!"

बीना शरमा गई। उस आदमी ने पूछा :

"कहीं मेरी वजह से तो, कोई इन्फ़ेक्शन नहीं हुआ है न? आप तभी छींकती हैं जब मैं यहाँ आता हूँ।"

बीना झेंप गई। एक बार और सॉरी कहा।

"सॉरी!"

"पर यहाँ खड़ी क्या कर रही हैं आप?"

"बस का इन्तज़ार कर रही हूँ।"

"बसेस (Buses) की तो स्ट्राइक हो गई है, आपको नहीं मालूम?"

"नहीं तो!"

"कितनी देर से खड़ी हैं आप?"

बीना ने घड़ी देखी।

"आधे घंटे से। अरे हाँ...इतनी देर से कोई बस नहीं देखी!"

"कहाँ जाना है आपको...?"

"अँधेरी ईस्ट! संगम सिनेमा के पीछे गार्मेंट की फ़ैक्टरी है, वहीं काम करती हूँ।"

"आइए—बैठ जाइए, मैं छोड़ देता हूँ।"

"नहीं—थैंक्यू—मैं ऑटो ले लूँगी।"

"दुगने पैसे लेगा और ऑटो मिलेगा भी मुश्किल से, आइए!"

उस शख़्स ने अपना तार्रुफ़ कराया :

"मेरा नाम डेनी है।"

बीना झिझकी फिर चलने के लिए तैयार हो गई। नाम बताया :
"मैं बीना!"

डेनी ने अपना पैकेट बीना को थमा दिया।
"लेकिन ये पकड़ना पड़ेगा।"
"ओके!"

एक झटका लगा, जैसे ही स्कूटर चला। बीना ने डेनी के कंधे पे हाथ रख लिया। डेनी ने हँस के पूछा :
"आप वेजिटेरियन हैं या नॉन- वेजिटेरियन?"
"नॉनवेज भी खा लेती हूँ—क्यों?"

डेनी हँसा।
"पैकेट में मटन बर्गर्ज़ हैं। मैं सोच रहा था, अगर...लेकिन नॉनवेज खाती हैं तो ख़तरा है।"

बीना भी हँस पड़ी।
"बेफ़िक्र रहिए, खाना सेफ़ है।
"बहुत भूख लगी थी इसलिए जल्दी से बर्गर्ज़ पैक करवा लिये। अब शराफ़त इसी में है कि एक आप खा लीजिए और दूसरा मुझे दे दीजिए। मैं भूख ज़्यादा देर बर्दाश्त नहीं कर सकता।"
"आपके लिए कम पड़ जाएँगे। आप ही खाइए।"
"कुछ कम नहीं पड़ेगा। प्लीज़, खाइए आप, और ज़्यादा ज़रूरी है कि खिलाइए भी!"
बीना ने पैकेट खोल लिया—और डेनी को भी खिलाया।

5

कुछ दिन बाद, बीना फ़ैक्टरी में काम कर रही थी, जब कहीं से किसी के छींकने की आवाज़ आई। बीना के मुँह से बेसाख़्ता निकल गया :

"ब्लेस यू!"

मुड़ के देखा तो खिड़की के बाहर डेनी खड़ा था। मशीन बन्द करके वो मिलने चली गई। उसका आना बीना को बहुत अच्छा लगा।

6

एक और दिन बीना, अपनी सोसाइटी से बाहर आई तो एक स्कूटर खड़ा था जिस पर लिखा था : My Mercedes, Bina। गेट की आड़ में डेनी खड़ा था।

6 (A)

मोना के पास अब फ़र्स्ट क्लास का टिकट था, और वही 'नौ-दस' की गाड़ी पकड़ रही थी। अभी तक अकेली थी।

6 (B)

बीना फ़ैक्टरी में काम कर रही थी। किसी ने आकर इत्तला दी :

"आपके लिए डेनी साहब का फ़ोन है!"

दौड़ कर फ़ोन पे चली गई बीना।

6 (C)

कुछ और दिनों के बाद की बात है। मोना अपने स्टोर पे काम कर रही थी जब दूसरी सेल्सगर्ल ने आकर ख़बर दी :

"मोना, एक इम्पोर्टेड कार आकर ठहरी है बाहर। वही लगता है।"

मोना ने उस तरफ़ देखा और कहा :
"किसी और की भी तो हो सकती है। किसी कस्टमर की होगी!"

एक लेडी उतरीं और स्टोर में दाख़िल हुईं। अमीर लगती थीं। गले में मोतियों का हार था। और बड़ी बाज़ौक़, अच्छे टेस्ट वाली लगीं। पास आईं, तो मोना ने देखा, कलाई पर वही घड़ी थी, जो अमीरज़ादे दे गए थे। लेडी मोना ही के काउंटर पर चली आईं।
"मर्दों के लिए कोई अच्छा परफ़्यूम दिखाएँगी?"
"जी!"

मोना ने बहुत सारी शीशियाँ परफ़्यूम की दिखाईं। और सही मानो में उनकी तारीफ़ भी की। लेडी ने सिर्फ़ एक चुनी।
"ये...यही ढूँढ़ रही थी। (I was looking for this.) इसी में की एक और भी दे दीजिए!"

मोना ने एक और अच्छी परफ़्यूम पेश की।
"ये भी बहुत अच्छी है और पॉपुलर है मर्दों में। एक ये ले लीजिए।"

लेडी मुस्कुराईं।
"माइ डियर, मर्दों की हमेशा एक ही परफ़्यूम होती है। औरतों की ओकेज़न के मुताबिक़ बदलती रहती है। But the man should always smell the same and you know that in the profession."

बहुत सही कहा था लेडी ने। मोना शर्मसार हुई।
"ओह, आई एम सॉरी...and thank you very much!"

लेडी मुस्कुरा दीं।
"कोई बात नहीं—लड़कियाँ इसी तरह सीखती हैं!"

मोना उसी परफ़्यूम की एक और बोतल ले आई। लेडी उसे ग़ौर से देख रही थीं। दूसरी सेल्सगर्ल ने भी नोटिस किया। अचानक लेडी ने मोना की घड़ी की तरफ़ इशारा किया।

"ये घड़ी शायद तुम्हीं ने दी थी, है न?"

मोना की निगाहें झुक गईं।
"जी...जी...हाँ, कुछ दिन पहले...एक साहब आए थे...वो...!"

लेकिन उसका जुमला पूरा करने से पहले ही लेडी बोलीं :
"वही...वो तुम्हारे हाथ वाली घड़ी वापस करके, ये ले गए थे, राइट?"

मोना की गरदन और भी झुक गई।
"जी...जी हाँ...लेकिन ये घड़ी मैं...!"

मोना घड़ी खोलकर देने ही लगी थी कि वो बोलीं :
"रहने दो...तुम्हें प्रेज़ेंट दे गए थे। साथ एक रोमांटिक-सा नोट भी था!"

मोना का मुँह शर्म से लाल हो गया। मगर वो मुस्कुराईं।
"मेरा भाई है वो। तुम अच्छी लगी हो उसे। कभी घर आ जाओ। थोड़ा सा नॉटी है लेकिन बुरा आदमी नहीं है।"

मोना का मुँह सिल गया। कोई बात न निकली।
लेडी साथ के काउंटर पर खड़े एक हैंडसम आदमी की तरफ़ मुड़ीं।
"डार्लिंग, ज़रा अपना कार्ड दीजिए।"

उस आदमी ने अपना कार्ड निकालकर लेडी को दिया, जो लेडी ने मोना की तरफ़ बढ़ा दिया।
"कभी आ जाना, कल तो छुट्टी होगी, संडे है। या जब भी तुम्हारा जी चाहे!"

मोना की दोस्त ने रसीद और चालान बना दिया। लेडी वो लेकर अपने शौहर के साथ कैश काउंटर पर चली गईं। मोना का चेहरा अभी तक शर्म से लाल था। लड़की ने सरगोशी में कहा :
"ले, तुझे तो सचमुच इम्पोर्टेड कार वाला मिल गया!"

मोना ने विज़िटिंग कार्ड फाड़ दिया।

"मुझे फ़्लर्ट अच्छे नहीं लगते। उनकी बहन के लिए पाजी होगा, मुझे फ़्लर्ट लगा। फ़्लर्ट से ज़्यादा कुछ नहीं।"

ये कह के दूसरी तरफ़ चली गई। दोस्त देखती ही रह गई।

7

उस शाम मोना, बीना और डेनी जब थियेटर देखकर निकले तो बीना ने पूछा :

"तू क्यों इतनी खोई-खोई है आज? क्या सोच रही है?"

"कुछ नहीं—कुछ भी तो नहीं!"

7 (A)

मोना चुप थी। लेकिन उस शाम चौपाटी चाट खाने गए तीनों। वहीं से तीनों एक ही स्कूटर पे बैठ के लौटे।

7 (B)

रात हो रही थी। डेनी सोसाइटी पर छोड़ के 'बाय' कहके चला गया।

8

शायद एक महीने बाद की बात है। मोना अपने स्टोर पे काम कर रही थी, जब घबराया हुआ डेनी दाख़िल हुआ। उसे बेवक़्त वहाँ देखकर मोना हैरान हो गई।

"क्या हुआ डेनी, यहाँ कैसे?"

डेनी बदहवास-सा लग रहा था। चारों तरफ़ देख रहा था। मोना ने पूछा :

"आज सैटरडे है। तुम प्ले देखने जाने वाले थे बीना के साथ!"

"बीना कहाँ है?"

"बीना? फ़ैक्टरी गई थी सुबह। वहाँ नहीं है?"

"एक मिनट बाहर आओ, तुमसे बात करनी है।"

दोनों दरवाज़े के बाहर निकल गए।

"सुबह तुम्हारे सामने गई थी फ़ैक्टरी?"

"नहीं। वो तो मेरे बाद निकलती है। क्यों, क्या हुआ?"

"मैं उसकी फ़ैक्टरी गया था, तो वहीं मालूम हुआ कि पाँच दिन पहले नौकरी छोड़ चुकी है।"

"पाँच दिन पहले? ओह, नो! इतने दिन मिली नहीं तुम्हें?"

"हम तो सैटरडे ही के दिन मिलते हैं। दो बार फ़ोन ज़रूर आया था उसका।"

"तो फिर कहाँ जाती है रोज़? घर पे नहीं है?"

डेनी ने अपना माथा पीटा।

"वही तो—मैं फ़ैक्टरी से घर गया था, तो वहाँ भी नहीं थी, लेकिन हैरत तब हुई जब पड़ोसी ने बताया कि आज दोपहर के वक़्त कोई एक बड़ी गाड़ी में उसे लेने आया था। और वो अपना सारा सामान सूटकेस में लेकर उसके साथ चली गई और कह गई है कि..."

"क्या कह गई है?"

"हनीमून के लिए हाँगकाँग जा रही है। एक महीने के बाद लौटेगी।"

मोना की तो साँस अटक गई।

"एक मिनट, मैं छुट्टी लेकर आती हूँ, घर चलकर देखते हैं!"

9

डेनी और मोना, शाम को भीड़ में स्कूटर पे निकल रहे थे। उनकी बेचैनी ट्रैफ़िक में नज़र आ रही थी।

10

डेनी और मोना घर पहुँचे। अलमारी ख़ाली थी। बीना के कपड़े नहीं थे। एक भी नहीं। ड्रेसिंग टेबल पर भी उसकी कोई चीज़ नहीं थी। सूटकेस भी ग़ायब था।

डेनी का सब्र टूट गया। वो फूट के रो पड़ा। मोना ने अपनी बाँहों में भर लिया उसे और दिलासा देने लगी। उसकी अपनी हालत भी वैसे ही ख़राब थी।

11

डेनी और मोना पड़ोसिन के पास खड़े, दरवाज़े पर ही बात कर रहे थे। वो कह रही थी :

"आज दोपहर कोई लड़का, एक बहुत बड़ी इम्पोर्टेड कार में उसे लेने आया था और वो अपना सारा सामान सूटकेस में लेकर उसके साथ चली गई, और कह गई कि...!"

"क्या कह गई है?"

"कह गई है कि हनीमून के लिए हाँगकाँग जा रही है। एक महीने के बाद लौटेगी।"

डेनी के फिर से आँसू निकल आए। मोना उसे सँभाल के सीढ़ियों की तरफ़ ले गई। और दोनों क़दम-क़दम नीचे उतरने लगे।

12

फिर कई बरस गुज़र गए। उस शहर में बीना एक बार फिर नज़र आई। एक बहुत बड़े डिपार्टमेंटल स्टोर से निकलती हुई। उसके साथ स्टोर का लड़का था। ढेर सारे पैकेट सँभाले हुए। बाहर फ़ुटपाथ के किनारे एक इम्पोर्टेड मर्सिडीज़ कार की तरफ़ इशारा किया और वर्दी में खड़े ड्राइवर से कहा :

"ये पैकेट्स रखवा लो पीछे।"

ड्राइवर ने पैकेट्स गाड़ी की डिक्की में रखवा लिये। बीना ने लड़के को बड़ा-सा टिप देकर रुख़सत किया। वो सलाम करके चला गया। ड्राइवर अपनी सीट पर पहुँच गया। बीना गाड़ी में बैठने ही वाली थी कि रुकी...कुछ देखा और अचानक चेहरे के आसार बदल गए...गाड़ी का दरवाज़ा पकड़े खड़ी रही।

मोना और डेनी फ़ुटपाथ पर उसी तरफ़ आ रहे थे। दोनों के हाथ पकड़े तीन-चार साल का एक बच्चा उछल-उछलकर उनके साथ चल रहा था। दोनों हँस रहे थे।

बीना वहीं खड़ी रही, जब तक वो बहुत पास नहीं आ गए। अचानक वो दोनों भी सामने आकर रुक गए और हैरत से बीना को देखने लगे। मोना के मुँह से बड़ी धीमी आवाज़ निकली :

"बीना...!"

बीना की आँखें भीग गईं। चुप रही। बच्चे की तरफ़ देखा। मोना बोली :

"हमारा बेटा है।"

ज़ाहिर है—डेनी और मोना ने शादी कर ली थी। एक वक़्फ़ा और गुज़रा ख़ामोशी का। डेनी ने बच्चे को गोद में उठा लिया और आगे बढ़ गया। मोना पल को रुकी, फिर बच्चे की आवाज़ पर आगे बढ़ गई। बीना खड़ी देखती रही। उसकी आँखें भर गईं। बेवजह डेनी को छींक आ गई। बीना ने दूर ही से हाथ उठाया और कह दिया।

"ब्लेस यू!"

[फ़ेड आउट]

कैक्टस

1

कुँवर महेन्दर सिंह और उनके दोस्त कुल्तेज सिंह ड्राइंग रूम में बैठे थे। दोनों के पास व्हिस्की के गिलास रखे थे और दोनों ख़ामोश थे।

कुँवर महेन्दर सिंह के हाथ में एक 'शादी का कार्ड' था, और वो कुछ सोच में थे। कुल्तेज ने पूछा :

"क्या नाम है?"

"लोरका—माधुरी लोरका!"

"हूँ—और शादी कब है?"

"कल।"

"किससे शादी कर रही है?"

"आनन्द कुमार हैं कोई—पता नहीं, क्या करता है! लेकिन होगा कोई अच्छा मौतबिर इनसान हो सकता है, कोई आर्टिस्ट ही हो! वो लड़की किसी ग़लत-सलत आदमी के साथ नहीं उलझ सकती, ये मुझे यक़ीन है।"

"तुम्हें कहाँ मिली?"

कुँवर महेन्दर सिंह ने व्हिस्की का एक लम्बा सिप लिया। और एक मंज़र उनकी आँखों में उभर आया।

2

उनकी पहली मुलाक़ात ट्रेन के फ़र्स्ट क्लास कूपे में हुई थी।

कुँवर महेन्दर देहली से बम्बई सफ़र कर रहे थे। अपने कूपे में थे, जब रेलवे का टी.सी. दाख़िल हुआ।

"कुँवर साहब, एक लेडी है, उन्हें कल सुबह अर्जेंट जयपुर पहँचना है। वो ख़ुद आपसे रिक्वेस्ट करना चाहती हैं कि..."

कुँवर महेन्दर ने नज़र उठाकर देखा, टी.सी. की ज़बान रुक गई। फ़ौरन लहजा बदलकर बोला :

"मैंने बताया उन्हें कि आपने कूपे रिज़र्व करा रखे हैं। सिर्फ़ अपनी प्राइवेसी के लिए पूरे कूपे का बुक किया है, लेकिन...कोई बात नहीं सर...मैं कह देता हूँ कि..."

उसी वक़्त दरवाज़े में वो लेडी नमूदार हुई...और बोली :

"एक्सक्यूज़ मी, एक मिनट के लिए आपको डिस्टर्ब कर सकती हूँ?"

टी.सी. बौखला के पीछे हट गया।

"नहीं-नहीं, देखिए, कुँवर साहब इस वक़्त..."

कुँवर साहब ने लेडी को अन्दर बुला लिया :

"कम इन!"

वो अन्दर गई। नौजवान तो नहीं थी लेकिन एक लड़कपन था अन्दाज़ में। बड़ी ख़ुदएतमादी से बढ़कर हाथ मिलाया।

"आई एम माधुरी लोरका!"

"लोरका! स्पैनिश सरनेम।"

बड़ी अच्छी मुस्कुराहट थी उसकी।

"जी...स्पैनिश है, मेरे फ़ादर स्पैनिश हैं। आपसे रिक्वेस्ट करना चाहती थी कि अगर जयपुर तक अपने कूपे में जगह दे दें तो...आप, सुना है, बम्बई तक जा रहे हैं?"

कुँवर महेन्दर की आँखों में सवाल उभरा ।

"कल मेरी पेंटिंग एग्ज़ीबिशन की ओपनिंग है। और मेरा पहुँचना बहुत ज़रूरी है।"

"लेकिन ये कूपे तो आप जानती हैं कि..."

"आप महाराज हैं, इसलिए इल्ज़ाम तो नहीं दे सकती, अपील ज़रूर कर सकती हूँ कि मेरी बुकिंग थी पहले, लेकिन आपके लोगों ने आपकी वजह से मेरी सीट कैंसिल कर दी।"

"क्यों?...हमारी वजह से क्यों?"

"वो तो पता नहीं, स्टेशन आई तो पता चला कि आप अकेले हैं, मगर आपने पूरा कूपे बुक कर लिया है और मैं..."

माधुरी ने मुड़के टी.सी. की तरफ़ देखा जो अभी तक दरवाज़े के बाहर खड़ा था।

कुँवर महेन्दर बोले :

"मैं समझता हूँ, अब हम महाराज तो नहीं, लेकिन प्रजा अभी तक हमारी वफ़ादार है। आख़िर नमक खाया है भवानी ख़ानदान का! आप बैठिए।"

माधुरी ने अपने हाथ का बैग सामने वाली सीट पे रख दिया और दोनों हाथ जोड़कर बोली :

"आप कुँवर महाराज हैं, इसलिए ये गुस्ताख़ी नहीं कर सकती कि मैं किराये की सूरत में कुछ पेश कर दूँ, लेकिन तोहफ़े के तौर पर अपनी कोई पेंटिंग ज़रूर पेश कर सकती हूँ। और आपसे अच्छा क़दरदान भी मुझे कहाँ मिलेगा!"

कुँवर महेन्दर मुस्कुराए और सर की जुंबिश से टी.सी. को हुक्म दिया।

"इनका सामान मँगवा दीजिए।"

माधुरी की जान में जान आई। उसका सामान भी फ़ौरन पहुँच गया। कुली को टिप देकर वो सीट पर बैठ गई। गाड़ी धीरे से चलती हुई प्लेटफ़ॉर्म पीछे छोड़ गई।

3

गाड़ी जब रात में दाख़िल हुई, कुँवर साहब मैगज़ीन देख रहे थे। और माधुरी अपनी स्केच बुक टटोल रही थी। कुँवर साहब ने एक-दो बार देखा उसकी तरफ़ और फिर अपना चमड़े वाला बैग खोला और पूछा :

"Do you mind अगर मैं अपना Drink बना लूँ!"

माधुरी मुस्कुरा दी :

"Not at all... आप, Please... कुँवर साहब!"

कुँवर महेन्दर सिंह ने अटेंडेंट के लिए घंटी दबाई, जो फ़ौरन हाज़िर हो गया। महेन्दर सिंह की व्हिस्की की बोतल और बेल्जियम का कट गिलास बाहर निकाला। फिर हुक्म दिया :

"एक सोडा और बर्फ़ लेकर आओ।"

फिर माधुरी की तरफ़ मुड़कर पूछा :

"आप नोश फ़रमाएँगी? ड्रिंक बना दूँ?"

"नहीं—थैंक्स—मैं नहीं पीती!"

वेटर बर्फ़ और सोडा ले आया...महेन्दर सिंह व्हिस्की बनाकर इतमीनान से सेटल हो गए। और माधुरी से मोज़रत चाही।

"आपको काफ़ी तकलीफ़ हुई मेरी वजह से।"

"नहीं, बल्कि आपकी वजह से आसानी हो गई। You are such a understanding person...कोई दूसरा मिल जाता तो शायद...तकलीफ़ होती।"

महेन्दर ने बात का रुख़ बदला :

"जयपुर में कहाँ है आपकी एग्ज़ीबिशन?"

"आमेर पैलेस!"

"ओह—नारायन सिंहजी, महाराज के पर्सनल सेक्रेटरी हैं। वहीं रहते हैं होटल में। कोई ज़रूरत पड़ जाए तो उनसे मिल लीजिए, हमारा हवाला दे दीजिए।"

"जी, ज़रूर!"

महेन्दर ने ख़ूँटी पर लटके कोट की जेब से अपना कार्ड निकाला और पेश कर दिया और उसके पीछे अपना नोट भी लिख दिया।

"ये रख लीजिए।"

"ग्रेसियस!"

माधुरी के मुँह से स्पैनिश में शुक्रिया निकल गया। महेन्दर ने स्पैनिश में ही जवाब दिया।

"बेल्को माइश्य!"

माधुरी ने हैरत से देखा।

"अरे...आप स्पैनिश जानते हैं?"

वो हँस पड़े।

"बिलकुल—आप स्पैनिश में गाली नहीं दे सकतीं मुझे!"

वो भी हँस पड़ी।
"अच्छा हुआ, पता चल गया। कहीं कुछ कह ही देती तो?"

दोनों ज़ोर से हँसे।
"मेरी एक गर्लफ्रेंड थी स्पेन में। ऑफ़कोर्स शादी से बहुत पहले की बात है।"

माधुरी ने बात काटी।
"किसकी शादी से पहले? आपकी या उसकी?"

फिर एक ज़ोरदार हँसी छूटी।
"आपके sense of humor की दाद देता हूँ!"

और अपना दूसरा ड्रिंक बनाया।
"आप कब तक हैं जयपुर में?"
"पन्द्रह दिन। एक हफ़्ते की एग्ज़ीबिशन है, उसके बाद राजस्थान घूमूँगी, फिर बम्बई।"

"बम्बई में कहाँ?"
"ताज आर्ट गैलरी में एग्ज़ीबिशन है, और वहीं रहूँगी।"
"ओह, तो आप बम्बई भी आ रही हैं?"
"जी!"
"और उसके बाद वापस स्पेन?"
"जी नहीं—मैं देहली में रहती हूँ। मुझे हिन्दुस्तान ज़्यादा अच्छा लगता है।"
"तो स्पेन में कौन है?"
"अब कोई नहीं रहता, फ़ादर गुज़र चुके हैं, और मेरा डाइवर्स हो चुका है। मैं और माँ देहली में रहते हैं!"
"हूँ...!"

कुँवर ने सर को जुंबिश दी...माधुरी ने पूछा :
"आप कहाँ रहते हैं?"
"बम्बई में।"
"और कौन-कौन है?"

"अकेला हूँ, वाइफ़ गुज़र चुकी हैं। बच्चे ऑक्सफ़ोर्ड में पढ़ रहे हैं। दो लड़के हैं। मैं चाहता था, वो भी केम्ब्रिज ही में जाएँ, जहाँ मैं पढ़ता था। लेकिन बच्चों की अपनी च्वाइस थी।"

"बम्बई में आप आएँगे हमारी एग्ज़ीबिशन में?"

"अगर आप बुलाएँगी तो ज़रूर आऊँगा!"

एक ज़रा-सा वक़्फ़ा लेकर माधुरी बोली :

"गुस्ताख़ी न समझें तो एक रिक्वेस्ट करूँ?"

"कहिए!"

"मेरी एग्ज़ीबिशन की ओपनिंग आप करेंगे?"

"ओपनिंग से आपका मतलब बोहनी से तो नहीं है कि पहली पेंटिंग मैं ख़रीदूँ?"

"ओह, नो!"

दोनों ख़ुशमिज़ाजी से हँसे।

"आपकी sense of humor भी कमाल है।"

"ग्रेसियस—ग्रेसियस!"

अब वो स्पैनिश में बोले—शाम ख़ुशगवार हो गई।

4

एग्ज़ीबिशन पर दोनों एक बार फिर मिले। माधुरी साथ-साथ चलती हुई अपनी पेंटिंग्ज़ दिखा रही थी :

"ये रोतांग पास है, फ़ोटोग्राफ़ी नहीं है, पेंटिंग है, इसलिए पेंटर लैंडस्केप के साथ कुछ लिबर्टी भी ले लेता है। पेंटर जब लैंडस्केप को एक फ्रेम में बाँध देता है!"

महेन्दर ने उसकी ग्रामर ठीक की।

"बाँध देती है।"

"जी!"

"मैं इस लैंडस्केप की बात कर रहा था।"

"Oh, your wonder sense of humour..."

वो बोलती रही और अपनी पेंटिंग्ज़ के बारे में बताती रही। लेकिन महेन्दर पेंटिंग्ज़ से ज़्यादा उसे देख रहे थे। माधुरी को भी इस बात का एहसास हुआ। प्रेस वालों ने कुछ तसवीरें भी लीं, उन दोनों की।

"अच्छा, ये बताइए, कोई पेंटिंग बिकी भी कि नहीं अभी तक?"

"आपको बोहनी करने की ज़रूरत नहीं है। आप ख़रीदना भी चाहें तो मैं आपको बेचूँगी नहीं।"

"वो क्यों?"

"एक तो ये कि आप मेरे Guest of Honour हैं, और दूसरे ये कि मैं एक Painting तोहफ़े के तौर पर आपको पेश करना चाहती हूँ।"

महेन्दर ने हामी भरी।

"जी...जी...रेलवे के किराए के तौर पर!"

"Not at all...हाँ, इनमें से कोई पेंटिंग आपको पसन्द है तो—वो आपकी है।"

"जी नहीं—वो पेंटिंग तो आप Specially बनाएँगी हमारे लिए।"

"ठीक है, My pleasure लेकिन इन पेंटिंग्ज़ के बारे में आपकी राय तो पता चल गई।"

वो हँस पड़ी। इस बार महेन्दर मात खा गए। फ़ौरन मौज़ू बदल दिया।

"शाम को क्या कर रही हैं आप?"

"बताइए, क्या करूँ?"

"ताज ही में, डिनर हमारे साथ खाइए।"

"यानी आप अपने घर नहीं बुलाना चाहते!"

महेन्दर को बहुत सोचना पड़ा, जवाब देते हुए :

"मेरे लिए वो बहुत आसान है, लेकिन...आपसे मिलकर...आप पर कुछ... लुटाने को जी चाहता है।"

दोनों ने मानीख़ेज़ निगाहों से देखा एक दूसरे को। किसी रिश्ते की कोंपलें फूट रही थीं। बड़े तपाक से मिलकर, दोनों जुदा हुए उस शाम।

5

महेन्दर के घर के लॉन में दोनों पंडित रवि शंकर का म्यूज़िक सुन रहे थे। महेन्दर के सामने व्हिस्की का गिलास था और माधुरी के सामने वाइन का। महेन्दर कह रहे थे :

"पंडित रवि शंकर को मैंने पहली बार शिकागो में सुना था। बिलकुल सामने बैठकर। What a performer he is—बहुत दोस्ती हो गई थी उनसे। मुझसे काफ़ी बड़े हैं, लेकिन मिज़ाज बड़ा दोस्ताना है। बहुत अरसे बाद एक बार उन्हें पता चला कि मैं न्यूयॉर्क रेज़ीडेंसी में ठहरा हुआ हूँ तो उनकी सेक्रेटरी आईं इंविटेशन कार्ड लेकर। Dawn to Dusk का प्रोग्राम था एक चर्च में। मैं चला गया। What an experience! भैरवी के साथ जब गिर्जे की खिड़कियाँ रौशन होना शुरू हुईं तो लगा कि भैरवी सुबह को जगा रही है।"

माधुरी बड़े ग़ौर से सुन रही थी और मन-ही-मन उन्हें दाद दे रही थी।

"आप तो कविता कहते हैं! क्या लिखते भी हैं?"

महेन्दर फूल गए, और बोले :

"हाँ—अपने कैम्ब्रिज के दिनों में, अंग्रेज़ी में लिखा करता था। लेकिन बाद में फिर रियासत के कामों ने सब छुड़ा दिया।"

"म्यूज़िक भी सीखा होगा आपने?"

"नहीं—सिर्फ़ सुनता रहा। बहुत सुना। आपने नहीं सीखा म्यूज़िक?"

माधुरी वक़्फ़ा लेकर बोली :

"पाँच साल तक सितार सीखी थी।"

"किससे?"

"पंडित रवि शंकर से—न्यूयॉर्क में।"

"अच्छा, फिर?"

"पेंटिंग का भी बहुत शौक़ था, एक आर्ट स्कूल में सीखती थी।"

"फिर? सितार क्यों छोड़ दिया?"

"एक दिन मैंने पंडितजी से पूछा था, मैंने कहा था, मैं दो किश्तियों में सवार हूँ, पेंटिंग भी करना चाहती हूँ, सितार भी सीखना चाहती हूँ—क्या करूँ?"

ज़रा-सा रुकी माधुरी। महेन्दर ने पूछा :

"फिर...क्या कहा पंडितजी ने?"

"कहने लगे, 'पेंटिंग करो।' मैंने पूछा, 'क्या आपने मेरी पेंटिंग देखी है?' बोले, 'नहीं, सितार सुनी है!'"

एक पल का वक़्फ़ा आया। फिर दोनों खिलखिलाके हँस पड़े। इतने में ख़ानसामा हाज़िर हुए।

"हुकुम—खाना पड़ोस दिया है!"

दोनों उठकर हँसते हुए डायनिंग रूम की तरफ़ चले गए।

6

माधुरी आर्ट गैलरी में 'दर्शकों' (नुमाइशबीनों) के साथ मसरूफ़ थी जब महेन्दर दाख़िल हुए। उसे मसरूफ़ देखकर वो माधुरी की मेज़ पर जाकर बैठ गए। उसकी स्केचबुक सामने पड़ी थी। उलट-पलटकर देखने लगे। कुछ सफ़हों पर उन्हें अपने स्केच भी नज़र आए, जो ट्रेन के थे।

अचानक पीछे से आकर माधुरी ने स्केचबुक छीन ली।

"Bad manners—किसी की डायरी नहीं देखा करते!"

"Oh, I am sorry!—ये dairy है आपकी?"

"जी!"

"और बग़ैर पूछे किसी की तसवीर बनाना कैसे मैनर्स में गिना जाता है? और वो भी जब मॉडेल को पेमेंट भी न की जाए!"

"तो पेमेंट मिल जाएगी आपको!"

"आज ही बिल भेजता हूँ आपको।"

किसी ने फिर बुला लिया माधुरी को।

"आप बैठिए, मैं अभी आई।"

ये कह के वो फिर लोगों में चली गई।

7

उस रात महेन्दर गाड़ी ख़ुद चला रहे थे। ताज होटल की तरफ़ जाते हुए महेन्दर ने माधुरी से पूछा :

"एग्ज़ीबिशन कितने दिन है तुम्हारी?"

('Aap' has changed to 'Tum')

"छ: दिन और हैं, एक हफ़्ते के लिए बुक की थी।"

"How is it going?"

"अच्छी है। दो पेंटिंग आज बिकीं, foreigners ने दोनों ली हैं।"

"ये तो अच्छी बात है!"

"है तो अच्छी बात, लेकिन...पेंटिंग जब मुल्क से बाहर जाती है तो एक अजीब तरह की तकलीफ़ होती है। जी चाहता है, यहीं कहीं रहती मुल्क में, तो अच्छा होता।"

बात समझ के महेन्दर मुस्कुरा दिये। उसका हाथ अपने हाथ में लेकर थपथपा दिया...माधुरी भी बस मुस्कुरा दी।

8

फिर बम्बई कई बार एक साथ घूमते हुए नज़र आए। कभी ताज रेस्टोरेंट में, कभी गेटवे ऑफ़ इंडिया पर।

गेटवे ऑफ़ इंडिया पर महेन्दर ने मूँगफली के दो पुड़े ख़रीदे और छाबे वाले को सौ का नोट थमा दिया। वो बोला :

"चेंज तो नहीं है साहब।"

"रख लो!"

माधुरी ने नोट छीन लिया।

"क्यों भई?"

और गाँच रुपये का नोट निकालकर दिया उसे। महेन्दर ने मज़ाक़ किया :

"तो ठीक है, ये टिप तुम रख लो।"

उसने वाकई में रख लिया और सौ का नोट अपने पर्स में डाल लिया... और पूछा :

"आप मूँगफली जैसी मामूली चीज़ भी खा लेते हैं?"

"मामूली चीज़ें निगलना आसान होता है। if you know what I mean—आपका क्या ख़याल है, महाराजा हीरे-पन्ने चबाया करते हैं?"

माधुरी मुस्कुरा दी।

"मैं समझती थी आप, आम लोगों की तरह रास्ते से कुछ उठाकर नहीं खाते...

"If you know what I mean..."

"I know what you mean..."

टहलते हुए दोनों होटल ताज की तरफ़ निकल गए।

9

फिर एग्ज़ीबिशन लपेटने का वक़्त आ गया। पेंटिंग्ज़ दीवारों से उतारी गईं। वर्कर्स पैकिंग कर रहे थे। महेन्दर और माधुरी ख़ामोश बैठे चाय पी रहे थे। माधुरी ने ख़ामोशी तोड़ी :

"बड़ी उदासी महसूस हो रही है।"

"क्यों?"

"आपसे बिछड़ते हुए—बहुत रोमांटिक लगता है न ये डायलोग!"

और ख़ुद ही हँस भी दी।

"फ़िल्मों में जो होता है, वो कभी सच में भी होता होगा?"

"सच में जो होता है—इसलिए फ़िल्मों में होता है। उदासी मुझे भी महसूस हो रही थी, लेकिन मैं कहने से कतरा रहा था। कहीं माहौल रोमांटिक न हो जाए।"

माधुरी के रुख़सारों पर एक लाली घूम गई...पिघली-पिघली-सी आवाज़ में जवाब दिया :

"हफ़्ते भर की मुलाक़ात इतना उदास कर सकती है, कभी नहीं सोचा था।"

"आपकी गिनती में कुछ गड़बड़ है, एक कैलक्यूलेटर रखा कीजिए।"

माधुरी ने नज़र भर के देखा।

"क्यों?"

"हमें मिले एक हफ़्ता नहीं, चौबीस दिन हुए हैं, जब पहली बार ट्रेन में मिले थे।"

बहुत अच्छा लगा माधुरी को।

"बड़ा हिसाब रखते हैं आप? और भूलने में कितना वक़्त लगता है आपको?"

"ज़्यादा नहीं—साल-दो साल!"

"फिर आप भूल जाएँगे मुझे?"

साँस भर का वक़्फ़ा लिया और बोले :

"चाह तो नहीं, लेकिन...तुम्हें भुलाने के लिए कोशिश करनी पड़ेगी...सोचा था, तुमसे कह दूँ...यहीं आ जाओ हमेशा के लिए...फिर नहीं भूलेंगे।"

माधुरी ने उनकी आँखों में देखा। क्या वही मतलब है उनका, जो वो समझ रही है? महेन्दर ने इज़ाफ़ा किया।

"I mean it, मैं शादी का प्रस्ताव पेश कर रहा हूँ।"

माधुरी का चेहरा एकदम लाल हो गया और आँखें भीग गईं...एक लम्हे के लिए नर्वस-सी हो गई।

"कोई दबाव नहीं...जल्दी नहीं...वक़्त लेकर, सोचकर, मुझे बता देना।"

माधुरी सँभली—और एक लम्बी साँस ली।

"ठीक है...मैं देहली से...ख़बर करूँगी...माँ से कहना भी तो ज़रूरी है।"

"I know...अब दो उपकार हुए तुम पर—एक पेंटिंग और एक मेरे प्रस्ताव का जवाब।"

फिर ख़ामोशी छा गई। माधुरी ने चाय के प्याले उठाए और मेज़ की तरफ़ चली गई।

10

कुँवर महेन्दर सिंह और कुल्तेज सिंह अभी तक वहीं ड्राइंग रूम में बैठे थे और अपना-अपना ड्रिंक बना चुके थे।

"इस बीच में कोई फ़ोन या कोई ख़त कुछ भी नहीं?"

"ऊँ-हूँ। एक साल बाद ये कार्ड आया है उसकी शादी का।"

"और वो पेंटिंग—वो भी नहीं भेजी?"

"नहीं, पेंटिंग तो भेज दी थी उसने। जाने के एक महीने बाद ही। वो सामने लगी है।"

दीवार पर एक कैक्टस की बहुत बड़ी पेंटिंग लगी थी...कुल्तेज चलकर पेंटिंग के पास चले गए। पेंटिंग के नीचे स्पैनिश में लिखा पेंटिंग का नाम पढ़ा। अचानक बुलंद आवाज़ में बोले :

"Oh, My God! Mohindar!"

महेन्दर ने हैरत से मुड़के देखा, कुलतेज बोले :

"ये पेंटिंग भेजी थी उसने?"

"हाँ!"

"एक महीने के बाद?"

"हाँ, क्यों?"

"तुम्हें स्पैनिश आती है?"

"नहीं, बस यूँही Thank you, Good bye, Welcome कह लेता हूँ स्पैनिश में!"

कुल्तेज ने बहुत लम्बी एक 'उफ़' खींची।

"Oh, you idiot of a man!—जानते हो, ये पेंटिंग क्या है? यहाँ आओ।"

"हाँ, एक क़िस्म का कैक्टस है। स्पेन में बहुत होता है।"

"इसका नाम मालूम है?"

"हाँ—Ventomarme!"
"इसका मतलब—Come and take me यानी आकर मुझे ले जाओ।"

महेन्दर के चेहरे का रंग ही उड़ गया।
"Oh, No!"

और पेंटिंग के नाम को हाथ से छूकर बुत हो गए।

[फ़ेड आउट]

चोर-सिपाही

1

एक कोर्टरूम लोगों से भरा हुआ। केस की सुनवाई जारी थी। जज अपनी जगह कुर्सी पे बैठे मुजरिम की सुनवाई सुन रहे थे। पुलिस वाले मुजरिम को कठघरे में खड़े किये, कठघरे के पास ही खड़े थे और सारा कोर्टरूम ख़ामोशी की चादर में लिपटा हुआ था। सिर्फ़ मुजरिम की सफ़ाई की आवाज़ गूँज रही थी :

"जज साहब, मैं आपको सच बता रहा हूँ। मैं चलती बस से नहीं उतरा। मैं बस में था ही नहीं। ख़्वाहमख़्वाह इंस्पेक्टर ने पकड़ लिया मुझे। और मेरे पास तो कोई टिकट भी नहीं निकला।"

जज ने मुस्कुराकर कहा :

"टिकट तो फेंक दिया होगा तुमने!"

"नहीं, साहब, मैं बस में था ही नहीं। भला चौधा नम्बर बस में मेरा क्या काम? न मेरा घर है उधर, न फ़ैक्टरी। मैं तो फ़रीदाबाद, अबरक फ़ैक्टरी में काम करता हूँ।"

"तो फिर वहाँ कैसे पहुँचे?"

"ट्रेन से गया था।"

"वहाँ चौराहे पर खड़े क्या कर रहे थे?"

"यूसुफ मियाँ का इन्तज़ार कर रहा था।"

"यूसुफ! यूसुफ कौन है?"

"वो दिलीप कुमार नहीं। यूसुफ़ मेरा दोस्त है। हम दोनों एक ही फ़ैक्टरी में काम करते हैं।"

"ट्रेन का टिकट तो तुम्हारे पास था न?"

"अरे, ट्रेन का टिकट बस में कैसे चल सकता है?...वो क्या है...अगर टिकट होता तो मैं दिखाता नहीं पहले?"

"ले जाओ इसे। पन्द्रह दिन के लिए हवालात में बन्द कर दो।"

सिपाही ने इशारा किया :
"चलो...चलो!"

सिपाही उसे पकड़कर ले गया। जज ने पूछा :
"नेक्स्ट!"

असिस्टेंट ने पुकारा :
"बाबूलाल हाज़िर हो!"

सिपाही एक शख़्स को पकड़कर लाया और कठघरे में खड़ा कर दिया। जज ने रजिस्टर का सफ़हा पलटा और मुजरिम की तरफ़ देखकर पूछा :
"तो चोरी की है तुमने?"

बाबूलाल ने नम आवाज़ में कहा :
"आप तो पुलिस वालों की बातें सुनोगे न साहब। क्या फ़ायदा है बोल के!"
"देखो...लम्बी-चौड़ी बात सुनने का वक़्त नहीं हमारे पास...अगर सफ़ाई पेश करना चाहते हो, तो बोलो।"
"सफ़ाई नहीं देना चाहता। लेकिन सच-सच ज़रूर बोलना चाहता हूँ। अगर आप सुनें तो।"
"अच्छा, बताओ, क्या कहना चाहते हो?"
"मंगलवार की रात की बात है साहब। इस मंगल की नहीं, पिछले मंगल की। मैं भूखा था साहब। कुछ खाया नहीं था। सर्दी बहुत बढ़ रही थी साहब।"

पास खड़े हवलदार ने टोका :
"तुम मौसम की बात मत करो। अपनी बात करो।"

बाबूलाल ने उसकी तरफ़ देखकर जवाब दिया :
"मैं अपनी बात कर रहा हूँ।"

जज ने हाथ से इशारा करते हुए हवलदार को रोका :
"हवलदार...!"

फिर बाबूलाल की तरफ़ देखकर कहा :
"बोलो...बोलो, तुम अपनी बात बोलो।"

"मैं गांधी चौक में था साहब। दो लोग मिलकर आग ताप रहे थे साहब।"

वो मंजर उसके सामने घूम गया।

2

दो लोग सड़क के किनारे फ़ुटपाथ पर एक दरख़्त के नीचे आग ताप रहे थे और आपस में बात कर रहे थे :

"बहुत ठंड है न?"

"हाँ, यार, इस बार..."

उसी वक़्त बाबूलाल चलता हुआ उनके क़रीब आ पहुँचा और कुछ अजीब-सी नज़र से देखने लगा। पहले ने देखा और कहा :

"अरे, खड़ा क्यों है?...बैठ जा...बैठ जा!"

दूसरे ने हाथ से बैठने का इशारा किया। बाबूलाल बैठकर हाथ आगे बढ़ाकर आग तापने लगा। पहले ने उसे देखा और हँसकर दूसरे को बोला :

"ये भी अपने जैसा लगता है!"

पहले ने बाबूलाल की तरफ़ देखकर पूछा :

"घर-वर है कि नहीं?...क्यों?"

बाबूलाल ने 'ना' में सर हिला दिया। दोनों ने एक दूसरे की तरफ़ देखा। दूसरे ने पूछा :

"भूखे पेट लगता है। कुछ खाया-पिया कि नहीं?"

बाबूलाल ने फिर से 'ना' में सर हिला दिया। एक ने अपनी गोद से कुछ निकालकर खाने को दिया।

"ले, खा ले!"

"ले, चबा ले। भूखा पेट न नींद आएगी—न सर्दी कम होगी।"

पहले ने कहा :

"इससे अच्छा तो हम लोग जब जेल में थे न, तो ठीक थे। कम-से-कम रोज़ खाने को रोटी मिलती थी—और सोने के लिए कमरा और साथ में ओढ़ने के लिए कम्बल।"

दूसरे ने सर 'हाँ' में हिलाते हुए कहा।

"सर्दियाँ तो वहीं गुज़ारनी चाहिए। साले गर्मी में बन्द रखते हैं। सर्दियों में छोड़ दिया। जज का भी कोई पता नहीं।"

"एक चोरी के लिए कभी एक महीने की सज़ा सुना देता है, कभी छह महीने की सुना देता है।"

"अरे क़ानून का कोई सिस्टम नहीं है क्या? गाड़ी की लाइट चुराने में मुझे दो महीने बन्द किया था। मैले कपड़े उठाने के लिए तीन महीने के लिए। कोई हिसाब है क़ानून का?"

"जज को साला अक़्ल नहीं है। पता नहीं, इसको किसने जज बना दिया!"

3

बात बताते-बताते फिर से कोर्टरूम का सीन। जज साहब हँस पड़े और पूछा :

"तो इसलिए चोरी की तुमने?"

"नहीं साहब, नहीं! चोरी नहीं की। यही तो बता रहा हूँ मैं।"

"ठीक है, ठीक है। फिर क्या हुआ?"

"अगले दिन बुधवार की सुबह, मुझे उन दोनों की बातें याद आईं! मैंने चोरी नहीं की साहब। मैंने सोचा कि अगर किसी बात पर पुलिस मुझे पकड़ के ले जाए तो दो-तीन महीने के लिए ठंड से बचने का इन्तज़ाम बढ़िया हो सकता है साहब।"

4

बाबूलाल एक घर के बाहर दरवाज़े पे लगा ताला पत्थर से तोड़ रहा था। जैसे ही ताला टूटा, एक आदमी पीछे से आया और पूछा :

"आप आ गए!"

"जी...।"

"अभी आपके सेठ को बोल के आया था। वो कह रहे थे, आप आने वाले नहीं हैं।"

बाबूलाल ने टूटा हुआ ताला ज़मीन से उठाया और उस आदमी की तरफ़ बढ़ाया।

"ये आपका घर है?"

"हाँ जी, मेरा ही घर है। ताला भी मेरा है। आपने तोड़ दिया। थैंक्यू वेरी मच!"

"आप मुझे ग़लत समझ रहे हैं। मैं ताले वाला हूँ। किसी को बताइएगा मत, मैं चोर हूँ!"

"आप चोर हैं, वेरी गुड!"

"आप आ गए न, मैं पकड़ा गया। आप मुझे थाने ले जाएँगे न?"

"थाना...?"

"जी!"

"थाना और आपको?...अरे नहीं भाई, थाना तो जाएगी मेरी बीवी। उसे पता नहीं, मैं आने वाला हूँ। आपने तो बहुत अच्छा काम किया। ये रही आपकी मज़दूरी। अच्छा, गुड बाय!"

आदमी ने एक नोट बाबूलाल के हाथ में थमा दिया।

"सर, आप समझे नहीं। मैं चोर हूँ, चोर।"

"होगे यार, मुझे क्या?...लेकिन मुझे तो इस ठंड से बचा लिया।"

ये कहते हुए वो घर के अन्दर दाख़िल होकर दरवाज़ा बन्द कर लिया। बाबूलाल सर हिला कर वहाँ से निकला।

5

बाबूलाल ठंड से ठिठुरते हुए एक गार्डन के पास से गुज़र रहा था। सामने एक औरत खड़ी काँप रही थी, और कुछ दूरी पर सड़क पार एक हवलदार पहरे पर था। कुछ सोचकर बाबूलाल उस औरत के क़रीब गया और कहा :

"ठंड बहुत है न! तुम क्या किसी का इन्तज़ार कर रही हो?"

औरत ने जवाब नहीं दिया। डर कर वो हवलदार की तरफ़ देख रही थी। बाबूलाल भी बात करते हुए हवलदार की तरफ़ देख रहा था। बाबूलाल फिर से बोला :

"हम लोग कहीं चलें क्या?...हाँ...?"

हवलदार इस बीच कुछ दूर निकल गया। औरत ने बाबूलाल का हाथ पकड़कर कहा :

"चलें...! चल न, चलते हैं। आ जाएगा वरना दोबारा।"

बाबूलाल घबरा गया।

"कौन...?"

"अरे, वही सिपाही साला। धन्धे के टाइम पर ही तंग करता है। अभी फिर आ जाएगा। चल न, चलते हैं।"

"अच्छा, अच्छा...मैं...मैं अभी आता हूँ। अभी आया।"

"अरे, अब क्या हो गया?"

"मैं...मैं अभी आया।"

"अरे, कहाँ जा रहा है, चल न!"

बाबूलाल जान बचाकर भागा। वो औरत उसके पीछे-पीछे।

6

बाबूलाल एक होटल में बैठा खाना रहा था। वेटर उसकी तरफ़ आ रहा था। आकर पूछा :

"हाँ जी, बाऊजी...और कुछ लाऊँ क्या?"

बाबूलाल ने 'ना' में सर हिलाया और हाथ से इशारा करके कहा :

"बिल!"

"अभी लो जी!"

कहते-कहते वेटर ने सारे बर्तन समेट लिये—और काउंटर पर मालिक से जाकर कहा :

"हाँ जी, साहब जी का बिल बनाओ जी।"

"हाँ, बोलो!"

"एक मटन कढ़ी, दो आलू-प्याज़ और एक गुलाब जामुन और एक सलाद। हाँ जी, बनाकर रखो।"

वेटर बर्तन रखकर मालिक से बिल लेकर बाबूलाल के टेबल पर पहुँचा।

"लो जी—अच्छा बना है!"

बाबूलाल गुलाब जामुन खा रहा था। सर से 'हाँ' में इशारा किया। वेटर ने पूछा :

"और कुछ चाहिए?"

बाबूलाल ने पहले 'ना' फिर 'हाँ' में इशारा किया।

"पुलिस!"

"पुलिस?...क्यों?"

"मेरे पास पैसे नहीं हैं!"

"पैसे नहों हैं तो ये सारा बाप का माल समझकर खाया क्या?"

"देखो, बुरा मानने की ज़रूरत नहीं है। तुम पुलिस को बुला लो। मेरे पास पैसे नहीं हैं।"

वेटर ने मालिक की तरफ़ चिल्लाकर कहा :

"ओ...मालिको, देखो, ये सारा माल मुफ़्त का उड़ा कर कहता है, पुलिस को बुला लो। पास पैसे नहीं हैं।"

मालिक काउंटर से उठकर दौड़ा हुआ बाबूलाल की तरफ़ आया।

"पैसे नहीं थे तो खाने क्यों आया?"

"भाई साहब, मेरी बात सुनो...मैं झूठ नहीं बोल रहा हूँ। मेरी जेब देख लो। मेरी तलाशी ले लो। मेरे पास पैसे नहीं हैं।"

"क्या बकवास...!"

मालिक ने बाबूलाल का हाथ पकड़ा और वेटर से कहा :

"इसे पीछे ले जा किचन में।"

मालिक और वेटर, दोनों ने बाबूलाल के दोनों हाथ पकड़ के उठाने चाहे। बाबूलाल बोला :

"एक...एक मिनट...क़ानून को अपने हाथ में नहीं लेना चाहिए!"
"अबे हमें क़ानून सिखाता है?"
"आप पुलिस को बुला लो न भाई।"
"क़ानून सिखाता है हमें?"
"पुलिस को बुलाओ...पुलिस को बुलाओ।"

दोनों ने बाबूलाल को ज़बरदस्ती पकड़कर होटल के पीछे किचन में ले गए और बाबूलाल को सारे होटल के बर्तन माँजने दिये गए, जो वो उस ठंड में माँज रहा था। वेटर ग्राहकों की और जूठी थालियाँ ले आया और उसे थमा दी और कहा :

"ये भी साफ़ करो।"

बाबूलाल निराश-सा बर्तन साफ़ कर रहा था। अचानक ग़ुस्से से सारी प्लेटें फेंक दीं ज़मीन पर, सब टूट गईं। किचन में खड़ा बावर्ची दौड़ा आया और कॉलर से पकड़ कर डाँटने लगा :

"अरे, तोड़ दिया! अबे साले, ये नुक़सान क्या तेरा बाप भरेगा? देखता क्या है...चल उठ, उठ...!"

"आप मुझे मारते क्यों हैं? पुलिस को बुला लीजिए न!"

इस बीच प्लेटें टूटने की आवाज़ पर वेटर भी किचन में दौड़ा-दौड़ा आया और चिल्लाया :

"पुलिस...?"

और दोनों ने मिलकर बाबूलाल को बहुत पीटा।

7

बाबूलाल कठघरे में खड़ा सारी बातें बता रहा था। जज बड़े ग़ौर से सुन रहा था।

"कोई पूछता ही नहीं साहब। सब लोग क़ानून को हाथ में लेने को तैयार बैठे रहते हैं। और फ़ैसला भी ख़ुद ही कर लेते हैं साहब। आप ही बताइए साहब, मैं कोई चोरी करने के लिए तो चोरी नहीं कर रहा था, मैं तो...अच्छा जाने दीजिए।

"उसी शाम की बात है साहब। मैं एक पार्क में जाकर बैठ गया। अब पेट तो पेट होता है न साहब, और सर्दी, सर्दी होती है। एक आदमी अपनी छतरी अपने सर के नीचे रखकर बेंच पर सो रहा था..."

8

एक आदमी बेंच पर अपनी छतरी अपने सर के नीचे रखकर सो रहा था। बाबूलाल ने देखा—फिर आसपास देखा। कुछ दूर पर एक हवलदार पहरे पर था। बाबूलाल ने चुपके से उसके सर के नीचे से छतरी खींच ली। उस आदमी ने चौंककर चिल्लाया :

"अरे...मेरी छतरी...!"

बाबूलाल ने हवलदार की तरफ़ देखा और भागा। वो आदमी उसके पीछे भागा। हवलदार भी उनकी तरफ़ देखने लगा।

"मेरी छतरी...मेरी छतरी...!"

बाबूलाल भागता हुआ हवलदार की तरफ़ आ गया। हवलदार ने डंडा ज़मीन पर मारा। दोनों को रोका।

"ख़बरदार...रुको!"

आदमी ने बाबूलाल की तरफ़ इशारा करके कहा :

"हवलदार, पकड़ लो इसको!"

"हाँ, बोलो...क्या बात है?"

"ये मेरे सर के नीचे से मेरी छतरी खींचकर भाग रहा है।"

"क्यों बे...क्यों भाग रहा है इसकी छतरी लेकर?"

बाबूलाल ने कहा :

"इसकी कहाँ से आ गई...? मेरी छतरी है!"

"मैंने ख़ुद देखा था। तू इसके सर के नीचे से छतरी लेकर भागा था।"

"भाग रहा था लेकिन छतरी तो मेरी है न!"

उस आदमी ने कहा :

"अबे...तेरी है तो, माँगकर लेता। मुझे वहाँ नल पर टँगी हुई मिली थी। अब हर छतरी पे नाम थोड़े लिखे होते हैं।"

हवलदार ने डाँटकर पूछा :

"तूने उतारी क्यों छतरी नल से?"

आदमी थोड़ा-सा घबरा के हिचकिचाकर बोला :

"वो...वो मुझे वहाँ कोई आसपास नज़र नहीं आया तो मैंने उठा ली।"

"बाप का माल समझकर चोरी करता है साले?"

"चोरी नहीं हवलदार जी...मेरी बात तो सुनिए हवलदार जी।"

हवलदार ने उस आदमी को कन्धों से पकड़कर घसीटा। वो 'न...न' करता रहा।

"चल, चल...बात तो थाने चलकर सुनेंगे।"

और पीछे-पीछे बाबूलाल कहता रहा :

"अरे मेरी बात तो सुनिए हवलदार जी!"

बाबूलाल छतरी उनकी तरफ़ बढ़ाते हुए चिल्लाता रह गया। हवलदार उस आदमी को पकड़कर ले गया।

9

एक आदमी अपनी बेंच से उठकर कहने लगा। वो आदमी वही पार्क वाला था।

"जज साहब, वो आदमी मैं ही हूँ। देख लीजिए, वो छतरी इसकी भी नहीं थी। उस हवलदार ने ख़्वाहमख़्वाह मुझे अन्दर बन्द कर दिया।"

जज साहब ने हाथ से इशारा किया और कहा :

"बैठ जाओ...बैठ जाओ...तुम्हारी बारी आएगी, तब बोलना!"

फिर बाबूलाल की तरफ़ देखकर पूछा :

"हाँ, तो फिर क्या किया तुमने?"

"मैं तो अपनी क़िस्मत से मायूस हो गया था साहब। शाम हो रही थी। ठंड भी बढ़ती जा रही थी, और पेट में आग भी बढ़ती जा रही थी। लेकिन उस आग से तापा तो नहीं जा सकता न साहब। मैं छतरी लटकाए इधर-उधर भटकता रहा। एक दुकान्दार के पास गया..."

10

एक पान की दुकान के पास कुछ लोग जमा थे। दो लड़के मस्ती में गा रहे थे :

'ओ...मेरा पान बड़ा मज़ेदार है...ओ...मेरा पान बड़ा मज़ेदार है...'

बाबूलाल वहाँ से गुज़र रहा था। रुक गया और पान की दुकान पर जा पहुँचा।

"भाई, ये...ये छतरी ले लो।"

"छतरी! छतरी किसलिए भाई?"

"ख़रीद लो।"

"ख़रीद लो?...अरे, मैं छतरी ख़रीदकर क्या करूँगा भाई?"

उसी वक़्त एक हवलदार वहाँ आ गया और पानवाले को आवाज़ दी :

"एक पान लगाना बनवारी, बढ़िया-सा!"

"अभी लगाता हूँ।"

फिर बाबूलाल को हटाते हुए कहा :

"चल हट भई, क्यों ख़्वाहमख़्वाह टाइम ख़राब कर रहा है?"

"ख़रीद लो। चोरी करके लाया हूँ।"

"हैं...?"

"हाँ!"

पीछे से हवलदार ने कहा, कुछ इशारा करते हुए :

"लगता है, इसका कुछ पेच ढीला हो गया है बनवारी।"

बाबूलाल ने छतरी से बनवारी की पानी की बाल्टी, जिसमें पानी भी था, पलट दी। ये देखकर हवलदार कूद कर आगे आया। बाबूलाल को पकड़ लिया, और दोनों लड़के भी झपट पड़े।

"भागता कहाँ है?...हवलदार जी, आप वहाँ जाकर खड़े रहिए। हम लोग इसे देखते हैं।"

दोनों लड़के बाबूलाल की मरम्मत करने लगे। बाबूलाल चिल्लाता रहा :

"मुझे क्यों मारते हो? वो हवलदार को बुलाओ, वो मारेगा। काहे का हवलदार है वो, एक चोर को गिरफ़्तार नहीं कर सकता!"

"और मारो...और मारो...चोरी की छतरी बेचता है।"

दोनों लड़के बाबूलाल को ख़ूब मारते रहे।

11

बाबूलाल कठघरे में खड़ा सारी कहानी बता रहा था :

"जुर्म का इक़बाल करने से भी कुछ नहीं हुआ साहब। हवलदार के सामने जुर्म किया लेकिन उसने भी कोई सज़ा नहीं दी। सज़ा मिली तो दूसरों से। दुकानदार से, उसके नौकर से, दुकान के आसपास बैठे दूसरे लोगों से। हुज़ूर, सबने मिलकर ख़ूब पिटाई की। वहाँ से उठा तो न जाने कहाँ से एक बात मेरे दिमाग़ में आ गई, कि शायद भगवान नहीं चाहते कि मैं चोरी करूँ। शायद वो जानते थे कि एक बार मैं जेल चला गया तो मेरे माथे से ये कलंक कभी नहीं मिटेगा। मार खा के मुझे शायद अक़्ल आ गई थी साहब। पास में ही एक दुर्गा माता का मन्दिर था। मैं प्रायश्चित्त करने के लिए वहाँ चला गया साहब।"

12

एक मन्दिर की सीढ़ियाँ नज़र आ रही थीं। बाबूलाल सीढ़ियाँ चढ़कर मन्दिर के अन्दर चला गया। घंटा बजाया और हाथ जोड़कर दुर्गा माता की चौखट के क़रीब

चला गया, और घुटनों के बल बैठ गया। फिर सर झुकाकर नमन किया और खड़ा हो गया और चौखट के क़रीब ऊपर छत पर लटके घंटे को बजाया तो वो नीचे आ गिरा। उसने घबरा के ऊपर देखा और फिर नीचे झुककर घंटा उठाने ही वाला था कि मन्दिर का पुजारी सामने आ खड़ा हुआ।

"ओये...होये...मन्दिर का घंटा चोरी कर रहा है?...तुम्हें शर्म नहीं आती?"

बाबूलाल हाथ जोड़कर पुजारी के सामने खड़ा हुआ—सर 'ना' में हिलाते हुए।

"नहीं...पुजारी जी, मैंने कुछ नहीं किया। ये तो अपने-आप ही गिर पड़ा। मैंने कुछ नहीं किया।"

"अरे, अगर तुमने कुछ नहीं किया तो ये घंटा ऊपर से नीचे कैसे आ गया?"

"पुजारी जी, मैंने कुछ नहीं किया।"

"तू चोरी ही कर रहा था।"

"नहीं, पुजारी जी..."

मन्दिर के बाहर एक हवलदार पहरे पर था। पुजारी जी ने उसे आवाज़ दी :

"हवलदार...!"

हवलदार जल्दी से अन्दर आ गया।

"क्या हुआ पुजारी जी?"

"हवलदार, रँगे हाथों पकड़ा है चोर को। कमबख़्त मन्दिर का घंटा उठाकर जा रहा था।"

"नहीं, नहीं, हवलदार साहब, मैंने चोरी नहीं की। ये..."

"चोर-उचक्के, तुझे और कोई जगह नहीं मिली चोरी करने के लिए? ये मन्दिर ही मिला था?"

"लेकिन मैंने चोरी नहीं की।"

"हवलदार, ले जाओ इसे और बन्द कर दो अन्दर। इतना घोर पाप और वो भी माता की मूर्ति के सामने!"

"मैंने चोरी नहीं की पुजारी जी...मैंने चोरी नहीं की!"

"चल...चोरी करते हो, वो भी मन्दिर में! अरे, जो कुछ कहना हो, थानेदार से कहना।"

“लेकिन मैंने चोरी नहीं की!”
“सभी चोर यही कहते हैं—अरे, चल...चल...!”

हवलदार उसे घसीटता हुआ ले गया।

13

कोर्टरूम में बाबूलाल ने अपनी बात पूरी की। उसकी बात ख़त्म होने पर कोर्टरूम में सन्नाटा छा गया।

[फ़ेड आउट]

देवदास

1

नारंग ने अख़बार का सफ़हा पलटा, और फिर से फ़ोन बज उठा...। नारंग के चेहरे पर उकताहट के आसार आ गए।

"उफ़्फ़!"

झल्ला के फ़ोन उठा लिया और बग़ैर 'हैलो' कहे, सुनने लगे।

"कहाँ? दिल्ली से? हूँ? हाँगकाँग से कब आए? ओके! बाँम्बे? चौबीस को? ओके!...डोंट वरी, मिनिस्ट्री से बात हो चुकी है मेरी...और रिजर्व बैंक का क्लीयरेंस भी आ जाएगा। तुम्हारे जापान जाने से पहले सब रेडी हो जाएगा। अब सारी बातें फ़ोन पे करोगे तो बम्बई आके क्या करोगे...ओके!"

फ़ोन रखा ही था कि फिर से घंटी बजी। उसी वक़्त उनकी बहन कमरे में दाख़िल हुई। नारंग ने फ़ोन उठाकर फ़ौरन बन्द कर दिया। बहन ने पूछा :

"क्या हुआ?...फ़ोन क्यों ऑफ़ कर दिया?"

"बोर हो गया। घर को भी दफ़्तर बना देते हैं।"

बहन ने बात काटी :

"अरे, छोड़ो भइया, इतवार घर पे गुज़ारना मुश्किल हो जाता है तुम्हें...मैं क्या जानती नहीं? भाभी थी जब तक, कभी-कभार क्लब भी ले जाती थी, अब बरसों से वो नियम भी नहीं रहा। मोंटू भी कभी नहीं गया।"

"मोंटू है कहाँ? सो रहा होगा अभी। कॉलेज-वॉलेज तो बन्द है।"

"शायद मैच था उसका। जल्दी निकल गया।"

नारंग लम्बी साँस लेकर बोले :
"क्रिकेट?"
"हूँ!"

नारंग ने मद्धिम स्वर में पूछा :
"और उसका क्या हुआ? उस लड़की का?"

वो चुप रही। नारंग ही बोले :
"क्या, तुम्हें भी नहीं बात बताई?"
"अभी तक कोई बात नहीं हुई।"

नारंग मायूस हो गए।

"उल्लू का पट्ठा, एक साल हो गया मिले, और अभी तक बात भी नहीं हुई!"

"बात तो होती है, मिलते भी हैं लेकिन..."

"लेकिन क्या?"

"लेकिन ये कि अकेले कभी नहीं मिल पाता उससे, और अपने दिल की बात नहीं कह पाया।"

नारंग चिढ़ गए।

"क्या इतनी बिज़ी है वो? मुझसे भी ज़्यादा? किसी क्लब में, रेस्टोरेंट में नहीं बुला सकता उसे? घर ही ले आता...तुम भी देख लेतीं।"

"मैंने तो देखी है।"

"वो कहाँ?"

"मिली थी एक बार। मोंटू के साथ कुछ शॉपिंग करने गई थी, वो अपने अंकल और आंटी के साथ थी।"

"अच्छा?...कैसी है? घर वाले कैसे लगते हैं?"

"मुझे तो बहुत सुघड़ लगती है—और जैसा पता चला है, बहुत क़ाबिल है पढ़ाई-लिखाई में भी। इसी साल, बस रिज़ल्ट आए तो, सुना है, अमरीका जाने वाली है आगे पढ़ने।"

"माँ-बाप क्या अमरीका में हैं?"

"नहीं...दिल्ली!"

"तो वहाँ किसके पास जा रही है?"

"आजकल के बच्चों को क्या रिश्तेदारों की ज़रूरत होती है? यूनिवर्सिटी में पढ़ेगी और वहीं रहेगी, होस्टल में।"

घड़ियाल ने घंटी बजाई तो नारंग उठके खड़े हो गए।
"पर तुम्हारा ये उल्लू देवदास क्या करेगा? आगे पढ़ेगा या दफ़्तर में बैठेगा?"

बहन बस कन्धे उचका के रह गई।
"पता नहीं...बेचारा!"
"बेचारा-वेचारा नहीं। उससे कहो, कुछ बनके दिखाए। लड़कियाँ बहुत मिल जाएँगी।"

बहन ने तंज़िया पूछा :
"कुछ बन के मतलब? क्या बन के?"
"पैसा बनाए—दौलत कमाए—दौलत के बग़ैर पत्ता नहीं हिलता। क्या मिलेगा क्रिकेट में छक्के मार के? अभी तो उसके छक्के छूटे हुए हैं।"

2

स्टेडियम में क्रिकेट मैच चल रहा था। टॉम ने मोंटू के कान में कुछ कहा :
"शीतल आके बैठी है वर्षा के साथ। आज तो फ़ुर्सत में लगती है, जाके बात कर ले। इससे अच्छा मौक़ा और कब मिलेगा?"
"सिर्फ़ ये है कि मैं ऐसे वक़्त बात नहीं करना चाहता, जब बात अधूरी रह जाए।"
"अभी तो तीन विकेट्स हैं, उसके बाद तेरी बारी आएगी। नसीर और विशाल कम-से-कम एक घंटा तो खेलेंगे, और लंच तक तेरी फ़ुर्सत ही फ़ुर्सत है।"
"हाँ—लेकिन याद रहे—Cricket is a game of chance."

टॉम मुस्कुराया।
"So is love ....याद रहे—मिस कर गए तो, कोई दूसरा खिलाड़ी न आ जाए।"

मोंटू ने लम्बी साँस ली और कहा :

"Ok Captain—wish me luck!"

टॉम से हाथ मिलाकर वो पहली लाइन की तरफ़ बढ़ा, जहाँ शीतल बैठी थी वर्षा के साथ।

"हाय शीतल!"

"हाय!"

बस, उसी वक़्त वर्षा चिल्लाई :

"ओह...नो..."

स्टेडियम में हुंकारा-सा दौड़ गया। नसीर की बॉल बहुत ऊँची उठी और एक खिलाड़ी उसकी तरफ़ दौड़ रहा था। नसीर कैच आउट हो गया।

स्टेडियम में एक ग़ुल मचा। मोंटू की तरफ़ देखकर उसने हाथ के इशारे से तसल्ली दी :

"बेफ़िक्र रहो...अभी वक़्त है...!"

शीतल की मुस्कुराहट में मिठास थी।

"वर्षा Cricket buff है न—पीछे ही पड़ गई।"

"व्हाट यार, क्रिकेट तुम्हें भी बहुत पसन्द है?"

"है लेकिन उतना नहीं, जितना टेनिस। इसमें खिलाड़ी बहुत ज़्यादा हैं यार। बराबर का मुक़ाबला नहीं लगता।"

"शीतल, लंच तक तो ठहरोगी न? लंच हमारे साथ करना।"

इससे पहले कि वो जवाब देती, एक लड़का उसके पैड लेकर सामने आ गया।

"तैयार हो जाओ।"

"ये क्या है? इतनी जल्दी?"

उसने टॉम की तरफ़ देखा। वो किसी और से बात कर रहा था। मोंटू ने पैड ले लिये, और पहन के बैट भी ले लिया। फिर शीतल की तरफ़ मुड़ा और बोला :

"शीतल...!"

उसी वक़्त देसाई 'क्लीन बोल्ड' हो गया। विकेट उड़ गई। "ओह, डैमिट," उसके मुँह से निकला और बैट लेकर चल पड़ा।

विकेट के सामने आकर बैट को ठोका ज़मीन पर। और गार्ड लिये। जल्दी आउट होने की नियत से, उसने पहली बॉल पर ही आगे बढ़ के बल्ला घुमा दिया। बॉल बाउंड्री के पार जाकर गिरी। एक हुल्लड़ मचा स्टेडियम में। दूसरी बॉल पर फिर वही किया उसने। इस बार बाउंड्री लगी। देखते-देखते मोंटू पचास रन पर पहुँच गया। स्टेडियम तालियों से गूँज उठा। उसने देखा, शीतल ने खड़ी होकर दाद दी। ताली बजाई। जब कैच आउट हुआ, मोंटू सत्तासी (87) रन पर था। पैवेलियन पहुँचा तो शीतल जा चुकी थी। बैट ज़मीन पे मार के टॉम पर चिल्लाया :

"कर दिया न कबाड़ा! आज कितना अच्छा मौक़ा था बात करने का!"

"बात नहीं हुई बेटा—पर इम्प्रेस तो कर दिया।"

मोंटू मायूस होकर बैठ गया।

3

टॉम और मोंटू जब कार में घर लौट रहे थे तो टॉम ने फिर बात छेड़ी :

"अच्छा, ऐसी क्या मुश्किल है कि तुम बात नहीं कर सकते?"

मोंटू ने कोशिश की समझाने की :

"She is too busy yaar—और ऊपर से—too disciplined, period—अटेंड करती है, कॉलेज में कोई ऐसा करता है? फिर दो घंटे लाइब्रेरी में लगाती है, फिर टेनिस खेलती है, सुबह स्वीमिंग को जाती है।"

"खाना तो खाती होगी?"

मोंटू ने मुड़ के देखा :

"किसी दिन डिनर पर इन्वाइट कर लो!"

"उसके अंकल-आंटी बहुत सख़्त हैं यार, आठ बजे से पहले उसे घर पहुँचना होता है।"

"तो एक काम कर। ख़त लिख दो उसे। अच्छा-सा, पोएटिक-सा, रोमांटिक-सा!"

मोंटू ने समझाया :

"देखो, मैं उस लड़की के साथ फ़्लर्ट नहीं कर रहा हूँ। मैं...उससे शादी करना चाहता हूँ, और तभी बात करना चाहता हूँ जब उसे प्रोपोज़ कर सकूँ, और... और...'हाँ' कहलवा सकूँ!"

अब टॉम ने मुड़ के देखा :

"बड़े ambitious हो यार (बड़ी आरज़ू रखते हो)!"

मोंटू गाड़ी चला रहा था। रेडियो ऑन कर दिया। एक उदास गाना चल रहा था। टॉम ने फिर पूछा :

"इन दो सालों में क्या, दो घंटे का वक़्त नहीं मिल सका तुम्हें?"

"एक साल तो उसे अच्छी तरह से जानने-समझने में लग गया और जब फ़ैसला किया तो सोचा कि मिलना और बात है लेकिन दिल की बात कहने के लिए आपको इतनी फ़ुर्सत, इतनी तन्हाई की ज़रूरत होती है कि आप...वो एक लम्हा पैदा कर सके, जिसमें अपना दिल पेश कर दे।"

टॉम ने ताली बजाई :

"क्या बात कही है!"

"एक बार, उससे तय हुआ था कि म्यूज़ियम देखने चलेंगे—और उससे अच्छा लम्हा और कब मिलता, जब पूरी हिस्ट्री आपके सामने बिछी हो और आप सिर्फ़ एक लम्हा की तलाश में हों।"

वो चुप हो गया। टॉम ने पूछा :

"फिर क्या हुआ?"

मोंटू ने टॉम की तरफ़ देखकर कहा :

"मैं...साला, ट्रैफ़िक जाम में फँस गया।"

4

मोंटू ट्रैफ़िक जाम में फँसा हुआ था और बार-बार हॉर्न बजा रहा था...एक टैक्सी थी। टैक्सी वाला उतर के मोंटू के पास आया।

"साब, ज़रा हाथ लगवाएँगे गाड़ी में?"

"क्या हुआ?...बन्द पड़ गई?"

"नहीं साब!...ज़रा हाथ लगा के, आप गाड़ी आगे कर लीजिए, मैं उठा के पीछे कर लेता हूँ।"

"उठा के मतलब...?"

"आपको ज़्यादा जल्दी है न साब! या तो कोई फ़्लाइंग-गेयर हो आपकी गाड़ी में, तो वो लगा के ऊपर से उड़ जाइए, वर्ना मैं तो तभी चलूँगा जब आगे का ट्रैफिक चलेगा।"

"तो...मैंने क्या कहा तुम्हें?"

ड्राइवर ने ग़ौर से देखा और बोला :

"दस मिनट से ये हॉर्न किसके लिए बजा रहे हैं आप? किधर लेके जाऊँ गाड़ी को?"

मोंटू को एहसास हुआ कि एक वही था जो मुसलसल हॉर्न बजा रहा था। ज़रा-सा झेंपा भी। टैक्सी वाला वापस चला गया। ट्रैफ़िक आहिस्ता-आहिस्ता चलता रहा। और जब मोंटू म्यूज़ियम पहुँचा तो शीतल म्यूज़ियम देखकर वापस जा रही थी। उसके हाथ में बहुत सारे म्यूज़ियम के पैम्फ़्लेट थे। टॉम के साथ कार में मोंटू कह रहा था :

"और जब मैं पहुँचा तो शीतल इन्तज़ार करके जा रही थी। मेरी कार देखी तो, रोककर कार में आकर बैठ गई।"

टॉम ने पूछा :

"नाराज़ नहीं हुई शीतल?"

"नहीं। वही तो ख़ूबी है उसमें। ordinary लड़की होती कोई, तो फ़िल्मी हीरोइन की तरह रूठ जाती, और फिर यह करती कि अब मनाओ उसे, बताया तो..."

5

म्यूज़ियम के बाहर—शीतल ज़ोर से हँस पड़ी।

"उस टैक्सी वाले का sense of humour वाक़ई बड़े कमाल का होगा।"

शीतल ने घड़ी देखी, और जल्दी से कार में बैठ गई।
"चलो, अब जल्दी घर पहुँचा दो मुझे, मैं आंटी को टाइम देकर आई थी।"

मोंटू ने गाड़ी म्यूज़ियम से मोड़ के बाहर निकाली।

6

सुबह-सुबह नारंग फिर फ़ोन पर थे और अख़बार बाँहों में लिपटा हुआ था।

"क्या बात करते हो K.D.! M.V. में दो हज़ार रुपया महीना मिलता है उसे। दस-पन्द्रह करोड़ का प्रोजेक्ट है तुम्हारा, उसमें एक आदमी को दो-तीन लाख ज़्यादा दे भी दिया तो क्या है? किसी कंपनी के आदमी को तोड़ना भी कोई मुश्किल काम है भला!"

ये कह के फ़ोन रख दिया उन्होंने। उनकी बहन खड़ी सुन रही थी, बोली :

"भइया, फिर जोड़-तोड़ में लग गए हो तुम? हर चीज़ दौलत से नहीं तोड़ी जा सकती है और न जोड़ी जा सकती है।"

"ऐसी कौन-सी चीज़ है, जो नहीं तोड़ी जा सकती है? दौलत के लिए शादियाँ टूटती भी देखी हैं और दौलत के लिए जुड़ती भी देखी हैं। इससे बड़ी और कौन-सी चीज़ है, जो तोड़ी न जाए और जोड़ी न जा सके?"

उनकी बहन मुस्कुरा दी।

"शादियाँ जोड़ी जा सकती हैं भइया, लेकिन दिल नहीं जोड़े जा सकते।"

"तुम तो बिलकुल अपने भतीजे की तरह बातें करने लगी हो। कहाँ है वो देवदास? कुछ दिनों से, सुना है, बहुत उदास है। उसकी गर्लफ्रेंड उसे छोड़ के जा रही है?"

बहन ने 'हाँ' में सर हिलाया।

"हाँ, दिल्ली गई है अपने माँ-बाप के पास और परसों शायद या अगले दिन वापस आएगी और उसी दिन अमरीका चली जाएगी।"

"चलो—जान छूटी, जहां छूटा!"

और वो यह कह के मोंटू के कमरे की तरफ़ चले गए।

7

नारंग मोंटू के कमरे में दाख़िल हुए तो वो खिड़की के बाहर ख़ाली आसमान की तरफ़ देख रहा था। नारंग ने पुकारा :

"उदास-उदास देवदास!"

मोंटू धीरे से मुड़ा, तो फिर वह बोले :

"भई, मैं एक यूनियन बनाना चाहता हूँ, उदास-उदास देवदासों की। कुछ मदद कर सकते हो मेरी?"

मोंटू को मज़ाक़ कुछ अच्छा नहीं लगा। चुपचाप अलमारी की तरफ़ मुड़ गया और तैयार होने के लिए कपड़े निकालने लगा।

"देखो, ऐसा है बेटा, हर चीज़ हर रोज़ बदलती है। बदलाव नेचर का नियम है : जो कल था, वो आज नहीं; जो आज है, वो कल नहीं होगा। शेयर बाज़ार ही को देख लो, भाव कितनी तेज़ी से बदलते हैं : सुबह कुछ, शाम को कुछ!"

मोंटू के चेहरे पर कोई तब्दीली नहीं आई...नारंग साहब पास गए।

"अब तुम अपनी शकल के भाव तो बदलो, मुस्कुराओ ज़रा।"

मोंटू ने उदास आँखों से देखा उन्हें। वो भीगी हुई थीं। नारंग प्यार से बोले :

"हुआ क्या है, कुछ बताओ तो सही? मैं तुम्हारी मुस्कुराहट के लिए दुनिया ख़रीद के ला सकता हूँ।"

"हर चीज़ ख़रीदी नहीं जा सकती डैडी!"

"मतलब?"

मोंटू चुप रहा।

"तुम्हारी बुआ कहती है, दिल नहीं ख़रीदे जा सकते।"

मोंटू फिर भी चुप रहा।

"और कुछ?"

अचानक मोंटू मुड़ा और फट पड़ा :

"वक़्त! टाइम! फ़ुर्सत! ये सब नहीं ख़रीदी जा सकती डैडी। एक घंटे में साठ मिनट होते हैं, आप इकसठ नहीं बना सकते किसी भी क़ीमत पर।"

नारंग भी संजीदगी से बोले :

"वो तो है!"

मोंटू के चेहरे की मायूसी न गई।

"तुम्हारी प्रॉब्लम क्या है? वो लड़की तुम्हारी, तुम्हें वक़्त नहीं दे रही है न, कितना वक़्त चाहिए तुम्हें? एक प्लेन चार्टर कर देता हूँ। दिल्ली चले जाओ।"

मोंटू को ज़रा हैरत हुई।

"आपको कैसे मालूम, वो दिल्ली गई है?"

"मुझे तो ये भी मालूम है, वो कल या शायद परसों आएगी और सीधा एयरपोर्ट से अमरीका फ़्लाई कर जाएगी—राइट!"

"कल नहीं, आज आ रही है, और मैंने प्रॉमिस किया है कि उसे एयरपोर्ट पहुँचाने जाऊँगा। कितना वक़्त मिलता है उसमें?"

नारंग अलग हट गए।

"तुम घोंचू हो बिलकुल! अरे, दिल की बात कहने में वक़्त ही कितना चाहिए? एक मिनट? दो मिनट? और यस-नो कहने में कितना वक़्त लगता है? बहुत तहज़ीब के साथ कहो तो भी Forty seconds! Sixty!"

और वो कमरे से बाहर चले गए। मोंटू भी तैयार होने चला गया।

8

मोंटू तैयार होके निकल रहा था जब बुआ ने आवाज़ दी :

"मोंटू!"

"क्या बुआ?"

मोंटू रुक गया। बुआ ने पास आकर कहा :

"एक बात कहूँ मोंटू—मानोगे?"

"क्या बुआ? क्या बात है?"

"ये अँगूठी ले जाओ साथ। तुम्हारी माँ की है। पता नहीं क्यों, दिल कहता है, ये अँगूठी तुम्हारे लिए लक्की है। इसे रख लो।"

मोंटू ने उँगली में पहनने की कोशिश की।
"ये तो बहुत छोटी है बुआ!"
"तुम्हें कैसे आएगी! लड़कियों की है, जेब में रख लो।"
"थैंक्यू बुआ!"

उसने अँगूठी जेब में डाल ली। बुआ सामने ही खड़ी थीं। बोला :
"बुआ, Wish me luck."
"God bless You!"

9

शीतल के अंकल के घर पे गाड़ी तैयार थी। मोंटू ने शीतल का सूटकेस गाड़ी में डाला। शीतल ने अपने अंकल और आंटी के पाँव छूकर इजाज़त ली।

"चलती हूँ अंकल, और चिन्ता मत कीजिएगा। मोंटू मुझे एयरपोर्ट पहुँचा के, चेकइन करा के तब जाएगा।"

"मैं आपको ख़बर कर दूँगा। फ़ोन कर दूँगा।"

फिर दोनों गाड़ी में बैठ के निकल गए। शीतल कैसेट प्लेयर के साथ उलझ रही थी। मोंटू ने पूछा :

"क्या बात है, बहुत बेचैन लग रही हो?"

हल्के से हँसी।

"मेरे साथ हमेशा होता है ये। सफ़र पे निकलने से पहले बहुत रेस्टलेस हो जाती हूँ।"

"पंडित जी का म्यूज़िक लगा लो। बहुत चैन देता है!"

उसने मुस्कुरा के पंडित रविशंकर का कैसेट लगा दिया और घड़ी देखी।
"अभी तो टाइम है।"
"मुश्किल से चालीस मिनट!"
"पहुँच जाएँगे।"

गाड़ी आहिस्ता-आहिस्ता ट्रैफ़िक में फँसने लगी और ट्रैफ़िक बढ़ने लगा... गाड़ी की रफ़्तार कम होने लगी। शीतल ने दोबारा घड़ी देखी। मोंटू ने देखा। एक हाथ से अपनी जेब में कुछ टटोला।

"क्या है जेब में?"

मुस्कुरा के उसने अँगूठी निकाल ली।

"अँगूठी है माँ की।"

शीतल ने अँगूठी हाथ में ली और सूरज की रौशनी में घुमा के देखने लगी। मोंटू बोला :

"पहन के देखो—तुम्हें आती है?"

उसी वक़्त एक गाड़ी ने पीछे से ठोका—और अँगूठी बाहर जा गिरी। शीतल चीख़ उठी :

"ओह, गॉड!"

शीतल दरवाज़ा खोल कर सड़क पर उतर गई। कई कारों ने हॉर्न बजाया। लेकिन वो गाड़ी के नीचे अँगूठी ढूँढ़ रही थी। मोंटू ने पुकारा :

"जल्दी करो—Come on Sheetal, hurry up!"

शीतल ने हाथ से एक गाड़ी को रोका और झुक के गाड़ी के नीचे से अँगूठी उठा ली। मोंटू ने पूछा :

"क्या हुआ?"

शीतल की साँस फूल गई थी।

"मिल गई—माई गॉड, मेरी तो जान निकल गई थी!"

"क्या हुआ था?"

शीतल चिल्ला के बोली :

"अँगूठी गिर पड़ी थी। Don't you know?"

मोंटू को हैरत हुई।

"अच्छा!"

"ओह, गॉड!"

शीतल ने मारा उसके कन्धे पर ।

"मेरी जान निकल गई और तुम्हें पता ही नहीं, क्या हुआ? Montu, it is really too much."

ट्रैफ़िक अभी तक फँसा हुआ था। हॉर्न और ज़्यादा बजने लगे थे। दोनों ने घड़ियाँ देखीं।

"मर गए—लगता है, फँस गए, आज ट्रैफ़िक जाम हो रहा है, और दस मिनट रह गए हैं।"

"फ़्लाइट मिस हो जाएगी, लगता है।—Look at that—वो मुर्ग़ियों वाला ट्रक देखो, कैसे घुसता हुआ चला आ रहा है, जैसे मुर्ग़ियों की अपॉइंटमेंट न मिस हो जाए!"

"सोचो, अगर उसकी मुर्ग़ियाँ अचनाक खुल जाएँ और बिखर जाएँ सड़क पर, तो?"

"अच्छा, सोचो, तुम्हें वो टैक्सीवाला मिल जाए तो—Flying gear वाला?"

दोनों हँस पड़े—और अचानक ट्रैफ़िक की हरकत बन्द हो गई।

"फ़्लाइट तो मिस हो गई आज—कोई चांस नहीं!"

"अब तो वापस भी नहीं जा सकते। ट्राई करते हैं। देखो, अगर मिस हो गई तो मॉर्निंग की फ़्लाइट पकड़ लेना।"

"'अगर' मतलब?...ये तो हो गई मिस, समझो—और नेक्स्ट फ़्लाइट में जगह कहाँ से मिलेगी...? ये भी कितनी भाग-दौड़ करके मिली थी।"

शाम का वक़्त था। आसमान कुछ जल्दी मद्धिम होने लगा। मद्धिम गाड़ियों की बत्तियाँ भी एक-एक करके जलने लगीं।

10

ट्रैफ़िक अँधेरे में धीरे-धीरे सरक रहा था।

10 (A)

मोंटू और शीतल, ट्रॉली पर सामान लिये, एयरपोर्ट के एक कोने में भीड़ से टकराते हुए एक काउंटर तक।

10 (B)

एक जगह पर खड़े दोनों चाय पी रहे थे और सामान ट्रॉली पर ही था।

10 (C)

दोनों मुस्कुरा रहे थे। हँस रहे थे। बातें ही बातें—न जाने क्या-क्या...!

10 (D)

सुबह की रौशनी नमूदार होने लगी थी।

सुबह-सबेरे के आसमान पर एक हवाई जहाज़ उड़कर निकल गया।

11

मोंटू सुबह के वक़्त जब घर पहुँचा, तो काफ़ी देर हो चुकी थी। नारंग साहब नाश्ता ख़त्म करके दफ़्तर जा चुके थे और उनकी बहन टेबल से नाश्ते का बर्तन उठा रही थी। मोंटू ने दाखिल होते ही सवाल किया :

"क्या डैडी चले गए ऑफ़िस?"

"हाँ! और तुम कहाँ रहे रात भर?"

"एयरपोर्ट पर।"
"क्यों?"
"शीतल की फ़्लाइट मिस हो गई थी, सुबह की फ़्लाइट से गई!"

बुआ ने ज़रा थमकर पूछा :
"फिर तो...काफ़ी वक़्त मिला होगा?"

मोंटू ने गरदन हिलाई :
"हाँ...!"
"कोई बात हुई?"
"हूँ..!"

और एक वक़्फ़ा लेकर बोला :
"तुम्हारी अँगूठी—वो ले गई। उसे फ़िट हो गई बुआ।"

बुआ ने फ़ौरन गले लगा लिया उसे।
"God Bless You..."

13

दफ़्तर में नारंग साहब एक फ़ेहरिस्त देख रहे थे और सामने खड़ा एक आदमी हिसाब दे रहा था।

"सर, तीन सौ तरह-तरह की गाड़ियाँ लीं किराए पर। उसमें कार भी हैं, स्कूटर भी, टैक्सियाँ भी!"

"लेकिन मुर्ग़ियों का ट्रक किसलिए?"

"सर, ट्रैफ़िक जाम की हंड्रेड पर्सेंट तैयारी थी। आपने कहा था, कम-से-कम दो घंटे ट्रैफ़िक जाम रहना चाहिए, इसलिए हमने चांस नहीं लिया। ज़रूरत पड़ती तो मुर्गियाँ बिखरा देते सड़क पर!"

नारंग साहब ने 'हूँ' कह के हामी भरी, और घंटी बजाई। फ़ौरन उनके मैनेजर दाख़िल हुए।

"मि. त्रिलोक को पैंतालीस हज़ार सात सौ पच्चीस रुपये दे दो!"

मैनेजर ने फ़ेहरिस्त ले ली और पूछा :
"किस चीज़ की है सर?"

नारंग साहब एक वक़्फ़ा लेकर बोले :
"कल शाम को हमने...एक ट्रैफ़िक जाम ख़रीदा था!"

[फ़ेड आउट]

क्या बात है!

1

मार्विन ने फिर से ताश के पत्ते फेंटे और बाँटने लगा। क्लब की मेज़ पर बैठे दूसरे दोनों खिलाड़ी ग़ौर से उसकी बात सुन रहे थे। मार्विन ने बर्फ़ से भरे गिलास से एक सिप लिया—और बात जारी रखी :

"इंस्पेक्टर साब, किलिंग तो क्राइम है। लेकिन चोरी में जो एक फ़न है न...!"

कार्ड उठाते हुए उसके दोस्त अल्वा ने कहा :

"मसलन...?"

"दोनों फ़न, यानी मज़ा और फ़न यानी आर्ट। कुछ चोर बड़े फ़नकार होते हैं। उनके तौर-तरीक़े बड़े साफ़-सुथरे होते हैं। चोरी करते हैं लेकिन किसी के जज़्बात को ठेस नहीं पहुँचाते। उठना, बैठना, रहना, सहना बिलकुल साधारण क़िस्म का होता है। कोई गोगल्स वग़ैरा पहनकर नहीं निकलते।"

वो लोग 'रमी' खेल रहे थे। मार्विन ने अपने पत्तों को तरतीब देना शुरू किया :

"नॉर्मल क़िस्म की शर्ट, बुश्शर्ट या शॉर्ट शर्ट पहनते हैं। दो पैरों में 'कैडज़' का इस्तेमाल करते हैं, ताकि अगर कभी कूदें तो आवाज़ न हो और भागना ही पड़ जाए तो आसानी हो।"

2

मि. मेहता ने अपने घर के सामने आकर गाड़ी पार्क की। मार्विन सड़क पर खड़ा देख रहा था।

उसने शॉर्ट शर्ट पहन रखी थी, और वहीं फ़ुटपाथ पर बैठकर अपने 'कैडज़' जूते के तस्मे बाँधने लगा। मि. मेहता घर के अन्दर चले गए और ड्राइवर बहुत-से पार्सल पैकेट पहुँचाने पीछे-पीछे चला गया। मार्विन क्लब में इंस्पेक्टर से कह रहा था :

“इस क़िस्म के चोर किसी तरह की जल्दबाज़ी से काम नहीं लेते। अपने आर्ट का पूरा मज़ा लेते हैं।”

इंस्पेक्टर ने अपने पत्ते लगाए।
“कोई मिसाल दे सकते हो?...कोई वाक़या?”

क्लब में मार्विन ने नया पत्ता उठाया।
मार्विन आराम से चलकर कार के पास आया। दरवाज़ा खोला और कार ड्राइव करके ले गया। ड्राइवर जब वापस आया तो कार न देखकर घबराया और चिल्लाता हुआ वापस घर के अन्दर चला गया।
मि. मेहता और उनकी वाइफ़ दौड़े-दौड़े आए, ख़ुद अपनी आँखों से देखने, कार ग़ायब थी। फिर उसी तेज़ी से घर के अन्दर लौट गए।

3

अलवा ने पत्ता फेंकते हुए पूछा :
“इसमें फ़न की कौन-सी बात है? न आर्ट, न मज़ा—ये तो सीधी-सादी चोरी है।”

मार्विन ने नया पत्ता खींचकर अपनी सिक्वेंस (sequence) पूरी कर ली, और बोला :
“मज़ा तो तब आया जब आधी रात वो गाड़ी वापस आई...उसी आराम से आया और गाड़ी वहीं पार्क करके चला गया।”

अलवा ने कहा :
“कोई स्मगलर (smuggler) होगा। स्मगलिंग (smuggling) के लिए उड़ा के ले गया होगा—देसी शराब (Illicit liquor)—इसी तरह तो स्मगल होती है।”

मार्विन ने उसका पत्ता उठाकर दूसरी sequence भी लगा ली।
“लेकिन एक ख़त मिला उस गाड़ी में!”

मि. मेहता अपनी वाइफ़ को ख़त पढ़कर सुना रहे थे :
“माफ़ कीजिएगा, आपको थोड़ी-सी परेशानी हुई। मैं कार ले गया था क्योंकि मुझे अपनी गर्लफ्रेंड को इम्प्रेस करना था। उसे मेट्रो में पिक्चर दिखाने ले गया था।

बहुत ही अच्छी पिक्चर थी। आप सब ज़रूर देखें। आप चारों के लिए सनीचर रात की टिकटें लिफ़ाफ़े में छोड़ रहा हूँ। मेरी तरफ़ से हर्जाना समझ लीजिए और माफ़ीनामा भी। पुलिस को फ़ोन कर दीजिएगा कि आपकी गाड़ी मिल गई।"

लिफ़ाफ़े में चार टिकट भी थे। मि. मेहता पढ़ कर तिलमिला उठे। लेकिन उनकी वाइफ़ हँस पड़ीं। पास बैठा बेटा बोला :

"Funny!"

"लड़के में सेंस-ऑफ़-ह्यूमर भी है। उसकी आवाज़ में रोमानियत थी।"

क्लब में मार्विन ने अपनी रमी डिक्लेयर कर दी।

"मज़ा और फ़न देखा आपने?"

दोस्त अपने-अपने नंबर गिनने लगे। मार्विन ने पूछा :

"आप क्या करेंगे ऐसे आदमी के साथ? गिरफ़्तार कराएँगे उसे? जेल में डालेंगे?"

इंस्पेक्टर बोला :

"हाँ, अगर रेड हैंडेड पकड़ा जाता!"

"रेड हैंडेड तो वो सनीचर के दिन भी नहीं पकड़ा गया।"

"सनीचार के दिन...मतलब?"

"सनीचर के दिन, जब मि. मेहता और उनकी फ़ैमली मेट्रो में पिक्चर देखने गए।"

ताश फेंटते-फेंटते इंस्पेक्टर के हाथ रुके :

"क्या हुआ उस दिन?"

"उस दिन You see, घर पे कोई भी नहीं था, वक़्त भी था और घर भी खाली था। चलो, फ़िलहाल पत्ते बाँटो।"

4

कैडज़ जूते पहने हुए मार्विन आराम से फ़ुटपाथ पर चलता हुआ आया—और फिर उसी घर के सामने आकर रुक गया। पेड़ की आड़ में सिगरेट सुलगाया। मगर मेहता के घर में सिर्फ़ एक ही बत्ती जल रही थी...। शो टाइम था, पिक्चर देखने गए होंगे। घड़ी देखी। अभी दो मिनट और थे। वहीं बैठकर जूते की लेस बाँधने लगा। नज़र मेहता के घर पे थी। वो बत्ती भी बुझ गई। दो मिनट में नौकर निकला, खींच कर दरवाज़ा बन्द किया और फ़ुटपाथ से होता अगले ट्रैफ़िक सिग्नल की तरफ़ निकल गया।

मार्विन ने पैर तले सिगरेट बुझाया और सड़क पार करके मेहता के घर की तरफ़ चला गया। बग़ैर इधर-उधर देखे, पीछे खिड़की पर पहुँचा, जिसका एक शीशा टूटा था। आराम से हाथ डालकर चटख़नी खोली और बाहर की क्यारी पे चढ़के अन्दर कूद गया।

एक मिनट रुककर सुना और सूँघा और फिर ड्राइंग रूम में चला गया। बाहर का दरवाज़ा देखा जहाँ से नौकर निकला था। आराम से खुल सकता था। चटख़नी लगा दी। बाथरूम की लाइट जलाकर दरवाज़ा थोड़ा-सा खुला रखा कि रौशनी आती रहे। और फिर फ़्लश चला कर इन्तज़ार किया। कोई 'रिएक्शन' नहीं आया। घर में कोई न था। और इतमीनान से अपने काम में लग गया।

वो बड़ा मायूस हुआ। बेडरूम के सामने से दो-तीन छोटे-छोटे-से ज़ेवर मिले। कान के, हाथों के। सब सोना और क़ीमती पत्थर। कोई हीरा-वीरा, कुछ नहीं...और थोड़ी-सी रेज़गारी शीशे के एक कटोरे में, जो उसने वहीं सिंगार मेज़ पर छोड़ दी। नोट जो मिले, उसे जेब में ठूँस लिये।

अचानक एक टाई पिन मिल गया। छोटे-से हीरे से जड़ा। लड़के के कमरे में एक नया 'वॉकमेन' था, इम्पोर्टेट। उसने थैले में डाल लिया। थोड़े नोट थे दराज़ में, वो उठा लिये।

स्टोर रूम आलतू-फ़ालतू भारी चीज़ों से भरा हुआ था। मायूसी कुछ और बढ़ गई।

ड्राइंग रूम में लौटकर फ्रिज खोला। दो-तीन अंगूर मुँह में डाल लिये। मेज़ पर व्हिस्की की बोतल और बाक़ी सामान सजा रखा था...एक ड्रिंक बनाने का ख़याल आया। फिर छोड़ दिया।

सामने के दरवाज़े से निकलने का सोच रहा था कि दो-तीन सीढ़ियाँ दिखाई दीं। नीचे बेसमेंट में जाती हुई। वो नीचे उतर गया।

अन्दर एक शख़्स ने बिस्तर पे करवट बदली। मार्विन ने पिस्तौल निकाल लिया। उस शख़्स ने गरदन उठाकर देखा उसकी तरफ़। मार्विन ने आराम से कहा :

"चिल्लाना नहीं!...घर में कोई नहीं है।"

वो शख़्स हैरत से उसे देख रहा था। मार्विन धीरे से आगे बढ़ गया।

"पिक्चर नहीं गए? अच्छी पिक्चर थी।"

उस शख़्स ने गरदन फिर तकिए पर रख दी। मार्विन बोला :

"मैंने तो चारों के लिए टिकट भिजवाई थे!"

उसने कोई जवाब न दिया। एक लम्बी साँस ली और पूछा :

"क्या चाहिए?"

"हाथ उठाके सर पे रख ले!"

उसने दायाँ हाथ उठाके सर पे रख लिया।
"दूसरा भी।"

उसने दर्द से कराहट की आवाज़ निकाली। मार्विन फ़ौरन बोला :
"मुँह मत बनाओ—हाथ उठाओ दूसरा।"

उस शख़्स ने उतने ही आराम से बात की, जिस आराम से मार्विन बोल रहा था।
"पैसा चाहिए, वो पर्स पड़ा है टेबल पर, उठाओ और निकल जाओ!"

मार्विन ने पिस्तौल और आगे बढ़ा दी।
"हिदायत मत दो। जो कहता हूँ, वही करो!"
"ये हाथ नहीं उठा सकता मैं। तकलीफ़ है इसमें। दर्द है।"

मार्विन ने रुककर पूछा :
"क्या हुआ है?"
"गठिये का दर्द है—और वो नौकर उल्लू का पट्ठा बग़ैर दवाई मले चला गया, अब सारी रात ऐसे ही कटेगी!"

मार्विन उसके पास बिस्तर पे बैठ गया।
"हूँ...कौन-सी दवाई मलते हो?"
"Sulphamyein!"
"Spray क्यों नहीं इस्तेमाल करते?"
"वो रहती नहीं ज़्यादा देर।"
"Coromycin की गोली क्यों नहीं खाते? उससे तो काफ़ी आराम मिलता है।"
"तुम्हें कैसे मालूम ये सब? तुम डॉक्टर हो?"

मार्विन मुस्कुराया।
"नहीं—मुझे भी यही दर्द है। यही बाएँ कन्धे में।"

वो शख़्स मंद पड़ गया।
"कमबख़्त गठिया का कोई इलाज ही नहीं। एक बार हो जाए तो सारी उम्र भुगतना पड़ता है।"
"तुम्हारी दवा कहाँ है? लाओ, मैं मल देता हूँ।"
"वो टेबल पर पड़ी है।"

रिवॉल्वर वहीं रखकर मार्विन उठा और कोई दवाई की ट्यूब लेकर वापस उसके पास आ गया। वो भी उठकर बैठ गया। रिवॉल्वर वहीं पड़ा रहा। मार्विन ने दोनों हाथ पर लेकर उसके नंगे कन्धे पर मलना शुरू किया, और बोला :

"Red meat खाने से भी ये दर्द बहुत बढ़ जाता है।"
"मैंने तो बिलकुल छोड़ दिया।"
"आज तो वही पका था, मैंने देखा था फ्रिज (fridge) में!"
"वो सब उसी साले की बदमाशी है, इसलिए कुछ खाया ही नहीं!"
"खाना नहीं खाया तुमने?"
"नहीं।"
"तो चलो, बाहर चल के खाते हैं।"

उस शख़्स ने हैरत से उसकी तरफ़ देखा। मार्विन मुस्कराया :
"चलो यार—कभी ऐसा भी सही। उठ के कमीज़ पहन लो।"

मार्विन ने सामने टँगी क़मीज़ उठाकर दी।...दवा वापस मेज़ पर रख दी। क़मीज़ पहनकर उस शख़्स ने रिवॉल्वर मार्विन के हवाले किया। मार्विन सीढ़ियाँ चढ़ के ड्राइंग रूम में चला गया—और दो व्हिस्की बनाए। जैसे ही वो शख़्स बाहर आया, मार्विन ने गिलास थमा दिया :
"चियर्ज़...Bottom up!"

दोनों ने जल्दी से ड्रिंक ख़त्म की और सामने के दरवाज़े से बाहर आ गए। जैसे ही मार्विन ने दरवाज़ा बन्द किया, वो शख़्स मुड़ा :
"अरे, ठहरो—मेरा पर्स रह गया।"

मार्विन ने जेब से पर्स निकाल के उसके हवाले किया :
"मैं ले आया था। मुझे मालूम था, तुम्हें ज़रूरत पड़ेगी।"

मुस्कुरा के उसने पर्स रख लिया और कहा :
"कभी यूँ ही आ जाया करो!"

और दोनों टहलते हुए फ़ुटपाथ पर निकल गए।

[फ़ेड आउट]

मैडम

1

सफ़ेद लिबास में, वो बहुत ख़ूबसूरत लग रही थी। उड़ते हुए कोहरे से बाहर निकली तो लगा, जैसे तैर रही है। बाल बँधे हुए थे, सर पे दुपट्टा था और हाथ में साहिर लुधियानवी की शायरी का मज्मुआ 'तलख़ियाँ' वो गुनगुना रही थी। रेशम में कढ़ी हुई लम्बी कमीज़ में कश्मीर की शहज़ादी लगती थी। गले में सफ़ेद मोतियों का हार और कानों में वैसे ही सफ़ेद मोतियों के बुन्दे। सोने के सादे-से कंगन और एक हीरे की अँगूठी हाथों में दमक रही थी।

गुनगुनाती हुई ऊपर की रेलिंग के पास आकर खड़ी हो गई। सहारा लेकर। पीछे की वादी कोहरे से भर रही थी।

"तुझसे मिलना ख़ुशी की बात सही
तुझसे मिलकर उदास रहता हूँ!"

उसी वक़्त एक और नौजवान, मामूली जींस और पुल-ओवर में आकर रेलिंग पर खड़ा हो गया।

"वाह, क्या सुरीली आवाज़ है!"

चौंककर उसने देखा, तो हाथ से किताब छूट गई। बग़ौर देखा उसकी तरफ़। उसके चेहरे पर लिखा नज़र आया : 'क्या ख़ूबसूरत आँखें हैं!' मगर उसने कहा कुछ और ही।

"सॉरी! मैंने चौंका दिया आपको।"

वो अभी तक उसके चेहरे की तरफ़ देख रही थी। उसने फिर कहा :

"आपकी किताब गिर पड़ी।"

"हूँ..."

लड़की ने हल्का-सा ख़म दिया गरदन को। वो हल्के से मुस्कुराया :

"मेरा ख़याल है, मुझे उठा के ला देनी चाहिए, मेरी वजह से..."

"हमारा भी यही ख़याल है।"

"जी...?"

"जी...!"

वो ज़रा-सा सँभला।

"ठीक ख़याल है आपका।"

साथ ही किताब उठाने के लिए रेलिंग से नीचे उतर गया। जाते-जाते बोला :

"आपको पहले भी देखा है यहाँ—शायद दो रोज़ पहले।"

लड़की ने कोई जवाब नहीं दिया।

"क्या कल भी आई थीं आप?"

उसने फिर भी कोई जवाब न दिया। लड़के ने किताब उठा ली।

"ओह, शायरी की किताब है, साहिर की!"

ये कहता हुआ रेलिंग तक वापस आ गया।

"शायरी का बहुत शौक़ है आपको?"

जब किताब वापस ली तो लड़की ने पूछा :

"तुम उर्दू पढ़ लेते हो?"

'तुम' के ख़िताब पर उसने देखा और कहा :

"नहीं!"

"फिर कैसे मालूम, साहिर की किताब है?"

"जी...ये ऊपर तसवीर है न?"

"हूँ...!"

ये कह कर उसने किताब को पल्लू से साफ़ किया, और पास लगी इकलौती बैंच पर जाकर बैठ गई। थोड़ा-सा टहलकर वो भी बैंच के पीछे जाकर खड़ा हो

गया। लड़की को एहसास था कि वो पास खड़ा है। मगर किताब खोलकर देखने लगी। वो उसी को देख रहा था। आख़िर उसे कहना पड़ा :

"तुम बैठना चाहो, तो हमें कोई एतराज़ न होगा।"

दिल ही दिल में उसने लड़की के ख़ूबसूरत लहजे और ज़बान की दाद दी।

"थैंक्यू...थैंक्यू मिस..."

उसने फिर बग़ौर देखा लड़के को और बोली :

"'मैडम' कह सकते हो।"

"जी—जी मैडम! आप यहाँ की रहने वाली नहीं हैं...आप..."

"हम बम्बई से आए हैं।"

"हाँ, तभी! एक बात पूछ सकता हूँ?"

"इजाज़त है।"

"आप क्या...फ़िल्मों में...कोई...मेरा मतलब है..."

एक हल्की सी मुस्कुराहट आई उसके चेहरे पर—और पूछा :

"क्यों, क्या हम फ़िल्म की हीरोइन नज़र आते हैं तुम्हें?"

"जी...देखने में तो फ़िल्म की हीरोइन से भी कुछ ज़्यादा ही ख़ूबसूरत लगती हैं आप!"

वो आह भर के बोली :

"वो ज़िन्दगी हमें पसन्द न थी, इसलिए...मंज़ूर नहीं की। वर्ना, ख़ैर...एक दौलत की घुटन ही काफ़ी है, उसपर शोहरत भी होती तो शायद दम ही निकल जाता।"

"दौलत से घुटन होती है आपको? मैं तो समझता था, दौलत से सब कुछ आसान हो जाता है ज़िन्दगी में।"

"क्या आसान हो जाता है मिस्टर?"

"पोंक्षे!"

"हाँ, क्या आसान हो जाता है दौलत से? खाने के लिए वही दो रोटियाँ और चबाने के लिए हीरे, सोना, गाड़ियाँ, पार्टियाँ, लोग, आधे-आधे, बौने-बौने लोग, हर वक़्त लट्टुओं की तरह चारों तरफ़ घूमते रहते हैं। हाँ, मैडम, यस मैडम, जी मैडम, तुम बड़े ख़ुशक़िस्मत हो मिस्टर फाड़ के!"

"पोंक्षे!"

"फोंक्षे...।"

"फोंक्षे नहीं मैडम...पोंक्षे...!"

"हाँ...वही, तुम बड़े ख़ुशक़िस्मत हो कि अपनी क़मीज़ ख़ुद पहन सकते हो। हम अपनी कंघी भी ख़ुद नहीं कर सकते। हमारे बाल कोई और बनाता है, नहाने का पानी कोई और गर्म करता है, कपड़े कोई और निकालती है, गाड़ी का दरवाज़ा कोई और खोलता है। हमरा तो दम घुटने लगता है बम्बई में।"

"आपके अन्दर बहुत दर्द भरा है मैडम।"

आँख उठाकर देखा उसने—हल्के से इतराई भी।

"आप बहुत उदास लगती हैं।"

"उदासी ही तो जीने का सरमाया है। उदासी गुस्ताख़ क़हक़हों की तरह उछल-उछल कर अपनी नुमाइश नहीं करती, वो आपके सीने में धीमे-धीमे साँस लेती रहती है, एक सुलगती हुई अगरबत्ती की तरह। उदासी कभी अजनबी नहीं लगती। उदासी एक सिफ़त है—हमदम होने की, दोस्त होने की, वो..."

अचानक ही वो चुप हो गई। ज़रा-सा वक़्फ़ा लेकर उसने फिर पूछा :

"तो यहाँ अकेली हैं आप?"

"(after a little pause) ऐसी अकेली भी नहीं हूँ।"

"और कौन है आपके साथ?"

"डिक्की, मेरा कुत्ता और डॉली, मेरी आया।"

"(very politely) आपके तो बहुत दोस्त होंगे?"

वो उठकर टहलने लगी।

"अमीरों के दोस्त नहीं मिस्टर...क्या नाम बताया तुमने?"

"पोंक्षे!"

"वही। अमीरों के दरबारी होते हैं या कारोबारी।"

"वो भी दोस्त ही हुए न?"

"कहलाते दोस्त ही हैं लेकिन. .हर कोई अपनी-अपनी गर्ज लिये हुए कोई आपकी दौलत से और दौलत कमाना चाहता है। कोई आपकी दौलत से शोहरत!"

उसे समझ नहीं आया—फिर पूछा :

"वो कैसे मैडम?"

वो मुस्कुराई।

"जैसे मिस्टर ए.पी. सिंघानिया मुझसे इसलिए दोस्ती रखते हैं कि शायद मैं उनसे शादी कर लूँ तो वो मेरी दौलत अपने शिपिंग के कारोबार में लगा सकेंगे, और महाराज पोद्दार नागर इसलिए कोशिश कर रहे हैं कि जो इतने क़ीमती हीरे- ज़वाहरात हैं उनके पास, उनमें उतनी ही क़ीमती एक बीवी भी जमा कर लें!"

उसने बड़े ख़ुलूस के साथ कहा :

"नहीं-नहीं, ऐसे महाराजा से तो आपको हर्गिज़ शादी नहीं करनी चाहिए।"

"इसलिए फ़ैसला किया है, हम शादी करेंगे तो किसी बड़े आम-से आदमी के साथ।"

"जैसे...?"

"जो हमें समझ सके, हमारे शौक़ की क़दर कर सके।"

"मुझे शायरी बहुत पसन्द है मैडम, और साहिर लुधियानवी तो बहुत ही अच्छे थे। उन्होंने...वो तो..."

आँख भर के देखा उसे, और दिल ही दिल में ख़ुश भी हुई।

"ओह...!"

वो चली तो उसने रोक लिया। उसके सैंडल का एक बक्कल टूट गया था।

"आपके सैंडल का बक्कल टूट गया।"

"उफ़! अब क्या होगा? सैंडल हाथ में लेकर तो हम...अपनी गाड़ी तक भी नहीं जा सकते।"

"मैं गाड़ी यहाँ मँगवा देता हूँ। मैडम, कौन-सी गाड़ी है आपकी?"

ज़रा रुककर बोली :

"नीचे...बाएँ...शायद आते हुए तुमने देखी होगी, एक लाल मर्सिडीज़ खड़ी थी।"

ज़रा-सा सोचकर कहा उसने :

"वो...जिसकी सफ़ेद रंग की सीट है?"

"वही!"

"Tata Sierra, 303 नम्बर है उसका।"

"तुमने कैसे जाना?"

"एक ही तो सफ़ेद Tata Sierra है वहाँ। परसों भी वहीं खड़ी थी जब आपको देखा था। बुला दूँ?"

"नहीं-नहीं, इस हाल में हम अपने होटल में कैसे दाख़िल होंगे?"

ज़रा रुका और फिर सैंडल उठाते हुए बोला :

"आइए, पास ही एक मोची बैठा है, मैं ठीक करवा देता हूँ।"

"लेकिन हम नहीं चाहते, हमारा ड्राइवर हमें सैंडल ठीक करवाते हुए देखे। ये भी अमीरों की एक मजबूरी है। हमें तो शौक़ है लेकिन उसे शर्मिंदगी होगी!"

"आप बेफ़िक्र रहिए। चलिए मैडम!"

2

मोची सैंडल की मरम्मत में मसरूफ़ था। वो ज़रा पल्लू का पर्दा किये, पोंक्षे के पीछे ही खड़ी रही। पोंक्षे बड़ी होशियारी से बाज़ी खेल रहा था।

"अपनी बहुत सादा ज़िन्दगी है मैडम! किसी से लेना नहीं, किसी का देना नहीं। अपने इधर कोई होटल, क्लब का शोर भी नहीं, बिलकुल जैसी ज़िन्दगी आपको पसन्द है, न..."

मोची ने आवाज़ दी :

"हो गया साहब!"

"एक मिनट!"

पोंक्षे ने झुककर सैंडल का बक्कल देखा।

"ये क्या किया, सफ़ेद सैंडल पे काला बक्कल लगा दिया?"

"मेरे पास तो वही था साब!"

"अब क्या करें?"

पीछे से लड़की का जवाब सुनाई दिया :

"दोनों काले कर दो!"

"ठीक है, गोरे पैरों को नज़र भी नहीं लगेगी...लो!"

पोंक्षे ने दूसरा सैंडल भी उतार के मोची को दे दिया और दोनों खड़े-खड़े बात करने लगे। लड़की ने पूछा :

"वक़्त क्या हुआ है?"

"साढ़े पाँच बजे हैं।"

"ओह, देर हो गई। साढ़े छ: बजे एक appointment है, हमें चलना होगा।"

"क्या फिर मिल सकते हैं आपसे?"

"हर्गिज़ नहीं! बस, यूँ समझो कि सुबह की ख़ुमारी से एक ख़्वाब तुम्हारी पलकों को छूता हुआ गुज़र गया। जितनी देर रह सके, उसे पलकों पर पड़ा रहने दो। आँखें न खोलना, कहीं गिर पड़ेगा।"

मोची ने दोनों सैंडल तैयार कर दिये। जैसे ही उसने पहने, पोंक्षे बोला :

"आपको आपकी गाड़ी तक तो पहुँचा सकता हूँ।"

"हमें तुम्हारी शराफ़त पर यक़ीन है पोंक्षे! हम जानते हैं कि तुम हमारा पीछा नहीं करोगे। हमें किसी होटल में ढूँढ़ोगे भी नहीं। हमें जानने और खोजने की कोशिश भी नहीं करोगे और अगर ज़िन्दगी में कभी कहीं मुलाक़ात हो गई, तो इन लम्हों का वास्ता देकर हमसे गुफ़्तगू करने की ग़लती भी नहीं करोगे। अच्छा, अलविदा!"

फिर वो पलटी और फ़ौरन वहाँ से चली गई। पोंक्षे उसी तरफ़ देखता रहा जब तक कि मोची ने चौंकाया नहीं।

"आठ आना, साब!"

"हाँ...हाँ...अब तो पचास पैसा कहना सीखो। ये लो एक रुपया।"

पोंक्षे ने जेब से पैसे निकालकर दे दिये।

3

वही लड़की, दुपट्टे से मुँह छुपाए, बड़ी तेज़ी से एक फ़ाइवस्टार होटल की लॉबी से गुज़र गई। लिफ़्ट में दाख़िल हो गई। चौथी मंज़िल का बटन दबाया और जल्दी-जल्दी अपने ज़ेवरात खोलने लगी।

लिफ़्ट से निकलकर बरामदे से होती हुई वो एक्ज़िक्यूटिव सुइट (executive suite) के दरवाज़े पर आई और बड़ी ख़ामोशी से चाबी लगा कर दरवाज़ा खोला।

सुइट में दाख़िल होकर उसने उतनी ही ख़ामोशी से बेडरूम के बाहर का क़फ़ल खोल दिया और सैंडल हाथ में उठाकर अन्दर दाख़िल हुई। कोई मुहब्बत बिस्तर में गहरी नींद सो रही थी। वो साथ के कमरे में चली गई।

किसी आहट पर बिस्तर में सोई मोहतरमा ने करवट ली—और अँगड़ाई लेते हुए आवाज़ दी :

"डॉली!"

"यस मैडम?"

मोहतरमा ने लम्बी जम्हाई ली।

"क्या टाइम हो गया?"

"पौने छः बजे हैं, साढ़े सात बजे आपकी अप्वाइंटमेंट है मैडम! नहाने का पानी तैयार कर रही हूँ!"

"शैंपू रख देना। राव साहब को मेरे बाल बहुत पसन्द हैं।"

उसी लड़की का नाम था डॉली। बाहर आई तो एक मामूली-से लिबास में थी। बोलती हुई :

"ये राव साहब भी कोई मिस्टर सिंघानिया या महाराज पोद्दार नागर की तरह हैं या..."

"नहीं रे, एक बहुत बड़े ड्रामाटिस्ट हैं। यहाँ जब भी आती हूँ, उनके यहाँ चाय पर जाती हूँ। मेरी एक फ़िल्म की कहानी उनके एक नॉवेल पर थी।"

डॉली मोहतरमा के कपड़े तैयार कर रही थी...और वो कह रही थीं :

"ये उन आधे-आधे बौने लोगों में से नहीं हैं। (there was a smile on her face) बड़े ज़िन्दादिल आदमी हैं!"

"आपका नहाने का पानी टब में लगा दिया है...नहा लीजिए, नहीं तो देर हो जाएगी!"

जैसे ही मोहतरमा नहाने के लिए बाथरूम में गईं, डॉली ने मोतियों वाले तमाम ज़ेवरात जो पहने थे, लाकर उनके लिबास के साथ रख दिये। उसी वक़्त बाथरूम से आवाज़ आई :

"डॉली...!"
"यस मैडम?"

मोहतरमा बाथरूम के टब में लेटी हुई थीं, जो साबुन की झाग से भरा हुआ था। बालों पर कैप चढ़ा रखा था।
"सुन, ज़रा, एड़ियाँ साफ़ कर दे। कितने दिन हो गए, पेडीक्योर किये।"

डॉली एड़ियाँ रगड़ के साफ़ करने लगी तो फ़िल्म का डायलॉग याद आ गया। राजकुमार का अन्दाज़ बना कर बोली :
"आपके पैर बहुत ख़ूबसूरत हैं। इन्हें ज़मीन पर मत रखिए, मैले हो जाएँगे।"

मोहतरमा की हँसी निकल गई।
"तुझे कैसे डायलॉग याद रहते हैं फ़िल्मों के? मेरी फ़िल्मों के तो सभी याद होंगे?"
"बहुत याद हैं मैडम!"
"अच्छा, सुनाओ!"

डॉली ने यही लाइनें, उसी रोज़ पोंक्षे से कही थीं।
"उदासी ही तो जीने का सरमाया है। उदासी गुस्ताख़ क़हक़हों की तरह उछल-उछलकर अपनी नुमाइश नहीं करती, वो आपके सीने में धीमे-धीमे साँस लेती रहती है, एक सुलगती हुई अगरबत्ती की तरह। उदासी कभी अजनबी नहीं लगती। उदासी एक सिफ़्फ़त है—हमदम होने की, दोस्त होने की, वो..."

मोहतरमा सिर्फ़ हँसी ही नहीं, बल्कि ताली बजाकर शाबाशी दी।
"माई गॉड, कितना अच्छा बोलती है तू! तू तो मुझसे भी अच्छा बोलती है!"

डॉली की आँखों में एक चमक आई भी और गुज़र गई।
"आप तो बहुत अच्छा बोलती हैं मैडम! कितनी लड़कियाँ आपकी तरह डायलॉग बोलने की नक़ल करती हैं। कितना रोमांटिक लगता है!"
"फ़िल्मों में ठीक है, रियल लाइफ़ में मत नक़ल करना कहीं!"
"करेंगे तो क्या होगा?"
"उलटा मुँह की पड़ेगी किसी दिन। चल उठ, शावर ऑन कर दे।"
"व्हाइट ड्रेस निकाला है मैडम—ठीक है न?"

"कॉटन का?"
"जी!"
"ठीक है। तुझे तो मालूम है सब!"

डॉली वापस कमरे में आई और लिबास पर 'वर्थ' का सेंट भी लगा दिया। मोहतरमा गाउन पहनकर वापस आईं, बाल झटककर बोलीं :
"चल आ—बाल बना दे।"

बाल बनवाने के लिए जब ड्रेसिंग टेबल पर बैठीं आईने के सामने, तो साहिर की किताब 'तलख़ियाँ' उठा ली। उठाते ही वही शेर पढ़ा :
"तुझसे मिलना ख़ुशी की बात सही
तुझसे मिलकर उदास रहता हूँ!"
"...वाह! कितना ख़ूबसूरत लिखते हैं!"
"साहिर साब की है?"
"पर तुझे कैसे मालूम—तू उर्दू भी पढ़ने लगी है क्या?"
"जी?...ये ऊपर तसवीर है न किताब पर, मुझे मालूम है, ये साहिर साब हैं।"
"ओह...!"

और फिर पूछा :
"क्या वक़्त हुआ है?"
"सात बजकर दस मिनट हुए हैं।"
"चल, तैयार हो जा तू भी—और डिक्की को भी तैयार कर लेना।"
"डिक्की साथ जाएगा?"
"और नहीं तो क्या! उसे अकेला छोड़ जाएँगे क्या—बेचारा!"

4

एक लाल रंग की मर्सिडीज़, जिसकी सीटें सफ़ेद थीं, और वही नम्बर ३०३ था, आकर फ़ाइवस्टार होटल की पोर्च में खड़ी हुई।

और वही शख़्स जो डॉली को मिला था, नीचे उतरा। आकर पोर्च में मोहतरमा का इस्तक़बाल किया। मोहतरमा बोलीं :

“आप ख़ुद ही चला रहे हैं? आपका वो ड्राइवर कहाँ गया? क्या नाम था उसका!”

“पोंक्षे...!”
“हाँ, वही।”
“छुट्टी पर गया है।”

कार में बैठते हुए बोलीं :
“एक मिनट, डॉली आ रही है।”
“डॉली...?”
“मेरी आया...लेकिन सिर्फ़ आया नहीं, बिलकुल सेहलियों जैसी है।”

उसने मुड़के देखा तो डॉली छोटे कुत्ते डिक्की को उठाए कार की तरफ़ आ रही थी। वो बोला :
“ओह—बड़ी चार्मिंग सहेली है आपकी। (loud) यही है डिक्के?”

डॉली ने नज़र उठाकर देखा। राव ने बढ़ के कार का दरवाज़ा खोला और कहा :
“आइए मैडम!”

डॉली की आँखों में मौज़रत भी थी और आँसू भी। बड़े धीरे से सरगोशी के लहजे में बोली :
“आई एम सॉरी—सॉरी सर!”

डॉली डिक्की को लेकर पीछे की सीट पर बैठ गई—और आँखें बन्द कर लीं। एक आँसू धीरे से आँख के कोने से बह गया।

[फ़ेड आउट]

नुस्ख़ा

1

कप्तान साहब की दो ही बड़ी कमज़ोरियाँ थीं : एक तो रोज़ एक घंटा रमी खेलना; दूसरी, उबलती गर्म कॉफ़ी।

चुनाँचा उनका ये मामूल बन गया था कि रोज़ शाम को पाँच से छ: बजे तक सुरेन्द्र के साथ रमी खेलते थे और कॉफ़ी के घूँट लेते रहते थे।

छ: बजे सुरेन्द्र चला जाता था। क्योंकि साढ़े छ: बजे उसे अपने ड्रामे की रिहर्सल पर पहुँचना होता था। कप्तान साहब ने घड़ी देखी।

"पाँच पचपन हो गए हैं, पत्ता फेंको जल्दी। छ: बजे तुम्हें उठ जाना चाहिए वरना रिहर्सल के लिए लेट हो जाओगे।"

"जी, अंकल—लेकिन ये पत्ता आपको लग जाएगा।"

"लग जाएगा तो हम ले लेंगे। एक ही पत्ता चाहिए, सोच-समझ के फेंकना।"

आरती अपने पिता के पीछे से गुज़री और घड़ी दिखा कर सुरेन्द्र को कोई इशारा कर गई। सुरेन्द्र ने मुस्करा के हाथ का ग़ुलाम फेंक दिया।

"ग़ुलाम हाज़िर है कप्तान साहब!"

कप्तान साहब मुस्कुराए :

"हाँ, ग़ुलाम ही तो चाहिए। हाँ, वो भी हुकुम का ग़ुलाम!"

पत्ता उठाकर लगा लिया कप्तान साहब ने और 'रमी डिक्लेयर' कर दी। सुरेन्द्र प्वाइंट्स गिनने लगा। पास पड़ी कॉपी में दर्ज करने लगा।

"उफ़्फ़ो! आप तो बहुत जीत गए हैं कप्तान साहब! इस महीने दो हज़ार से ऊपर प्वाइंट्स हो गए हैं, ऑलरेडी!"

"कोई बात नहीं, पिछले महीने तुम भी तो बहुत जीते थे।"

सुरेन्द्र ने पत्ते समेटे और बोला :
"चलता हूँ सर! कल फिर पाँच बजे हाज़िर हूँगा।"
"ओके...सनी!"
और बेटी को आवाज़ दी :
"आरती, सुरेन्द्र जा रहा है भई!"

लेकिन कोई जवाब नहीं आया।
"ये फिर कहीं निकल गई। she never says good bye to you."
"कोई बात नहीं सर, गिव माई बाई टू हर!"
वो निकल गया और कप्तान साहब ने अपना कॉफ़ी कप उठाया।

2

घर के पीछे, स्पाइरल सीढ़ियों के नीचे आरती इन्तज़ार कर रही थी। सुरेन्द्र के आते ही गले लग गई। सुरेन्द्र ने कहा :

"अंकल कह रहे थे, तुम कभी गुड बाई नहीं कहती हो मुझे!"
"हूँ—जिस दिन पकड़े गए न, बहुत पिटाई होगी।"
"चलो न—बस स्टैंड तक तो चलो, सामने ही तो है।"
"अगर डैडी ने बुलाया तो?"
"कह देना, ब्रेड लेने गई थी। आते हुए ब्रेड ले आना।"
"ब्रेड तो है घर में।"
"तो अंडे ले आना। नाश्ते के लिए। चलो तो सही।"
और वो उसे खींच कर साथ ले गया।

3

बस स्टैंड पर भी आरती बहुत बेचैन थी। बार-बार घड़ी देखती रही।

"ये बस को क्या हो गया? पन्द्रह मिनट हो गए।"

"क्यों, तुम चाहती हो कि मैं जल्दी से जाऊँ और पीछा छूटे?"

"और क्या! तुम जाओगे नहीं तो मैं घर कैसे जाऊँगी? और डैडी अगर ढूँढ़ने लग गए तो...?"

"एक तो नर्वस बहुत रहती हो तुम। तुम्हारा नर्वस सिस्टम बहुत कमज़ोर है, कोई टॉनिक लिया करो।"

"सच्ची—मेरा दिल बड़े ज़ोर-ज़ोर से धड़क रहा है।"

"एक इलाज बताऊँ इसका?"

"क्या?"

"चलो, शादी कर लें—अभी!"

आरती मुँह बनाकर बोली :

"हाँ, ताकि बिलकुल ही धड़कना बन्द हो जाए।"

उसी वक़्त बस आ गई। जल्दी से गले मिल के सुरेन्द्र चला गया। आरती दौड़ते-दौड़ते घर पहुँची।

4

आरती सुबह-सुबह किचन में खड़ी आमलेट की तैयारी कर रही थी, जब कप्तान साहब अन्दर आ गए।

"क्या...नाश्ता बन रहा है?"

"जी, डैडी!"

"अभी से! आज कुछ जल्दी है क्या?"

"नहीं तो...मैं...!"

"अभी तो नौ भी नहीं बजे, और उसे, वो क्या नाम है अपने पेइंगगेस्ट का... हाँ, गोपाल को तो उठ जाने दो, वो भी साथ ही नाश्ता कर लेगा। बेचारा रात की ड्यूटी से आया, और..."

"वो उठ गए हैं डैडी—नहा रहे हैं।"

"फिर भी पूछ लो। तब तक मैं भी नहा लेता हूँ।"

आरती गोपाल के कमरे में गई तो वो बाथरूम में था। पानी और उसके गुनगुनाने की आवाज़ें आ रही थीं। आरती ने दस्तक दे अन्दर दाख़िल हुई और

कमरे का बिखरा हुआ सामान समेटने लगी। मैले कपड़े एक तरफ़ किये और फिर दस्तक दी। गोपाल ने दरवाज़े से झाँक के देखा।

"कौन...? ओ...जी तुम...तो आरती...जी..."

आरती ने मैले कपड़े दिखाए।

"ये धोबी को दे दूँ?"

"ना—नहीं, मैं आज शाम जाते हुए लॉन्ड्री में डाल दूँगा। दो दिन से भूल जाता हूँ।"

"तो लॉन्ड्री में डाल दूँ?"

"आप—नहीं, मैं डाल दूँगा...नहीं, मेरी कैमिस्ट शॉप के पास ही है एक..."

"नहा लिया आपने?"

"हाँ—नहा लिया।"

"तो बाहर आइए न—बाथरूम में खड़े क्या कर रहे हैं?"

"न...नहीं, मतलब...?"

"तौलिया बाँध रखा है न?"

"आँ...हाँ..."

"तो आ जाओ न बाहर!"

वो बाहर आ गया—और तौलिया पकड़े अकड़ के खड़ा हो गया। वो कुछ और बिखरी हुई चीज़ें सँभालने लगी।

"नाश्ता बना दूँ? रेडी हैं आप?"

"आप क्यों तकलीफ़ करती हैं आरती...जी...मैं..."

"देखिए, डैडी का कहना है कि गेस्ट, गेस्ट होता है, चाहे वो पेइंगगेस्ट ही क्यों न हो और गेस्टनवाज़ी में हम कोई कमी नहीं रखते। जल्दी से तैयार हो के आ जाइए, डैडी भी रेडी हैं।"

वो मुड़ के जाने लगी तो गोपाल ने रोका :

"सुनिए...!"

और बिस्तर पे रखी चॉकलेट बार की तरफ़ इशारा किया।

"ये...ये लीजिए...आपके लिए लाया था...मैं...!"

"ओह...थैंक्यू...हाउ स्वीट ऑफ़ यू...आप हमेशा कुछ न कुछ लाते रहते हैं मेरे लिए। बहुत ख़याल रखते हैं, आई लव इट!"

"ना...हीं...इट्स अ प्लेज़र...!"

और ख़ुद ही शरमा गया।

5

डाइनिंग टेबल पर कप्तान साहब काँटे-छुरी से खा रहे थे। लेकिन गोपाल और आरती नहीं। आरती ने कॉफ़ी का कप बना कर कप्तान साहब को पेश किया। गोपाल बोला :

"कैप्टन साहब, आप बहुत ज़्यादा कॉफ़ी पीते हैं, कोलोस्ट्रोल बढ़ा देती है।"

"जानता हूँ—लेकिन क्या करूँ? आदत है।"

आरती ने गर्म टोस्ट गोपाल की तरफ़ बढ़ाया।

"थैंक्यू!"

"कैमिस्ट शॉप पर काम करते-करते आपको दवाइयों की काफ़ी नॉलेज हो गई है।"

"हाँ—वो तो है—छोटी-मोटी छींक-छाँक के लिए तो लोग मुझसे पूछ के दवा ले लेते हैं।"

कप्तान साहब बोले :

"लेकिन तुम्हारी रात की ड्यूटी बहुत ख़राब है भई। कभी-कभार हो तो समझे, ये परमानेंट तौर पर ठीक नहीं!"

"जी हाँ—वो तो है, लेकिन मजबूरी है, और पेस्तूनजी इतने अच्छे आदमी हैं, उन्हें छोड़ने को जी नहीं चाहता।"

"लेकिन मेरे लिए तो अच्छा है। डैडी, आपके ख़र्राटें इतने ऊँचे हैं कि मेरे कमरे में गूँजते रहते हैं। कभी आँख खुल जाए तो इन्हीं के बिस्तर पर जा के सो जाती हूँ!"

कप्तान साहब मुस्कुराए :

"नॉटी गर्ल!"

आरती ने गोपाल से पूछा :

"आपको तो कोई एतराज़ नहीं है?"

"ना...नहीं...बिलकुल नहीं। बल्कि मैं तो...मुझे तो..."

वो जवाब देते हुए बौखला गया। आरती ने मदद की :

"टोस्ट दूँ और?"

"ना...नहीं...थैंक्यू...!"

6

सुरेन्द्र और आरती मार्केट में थे और चलते हुए गोपाल का चॉकलेट बार तोड़-तोड़ के खा रहे थे। सुरेन्द्र शिकायत कर रहा था :

"देखो, एक साल तुमने कॉलेज में रखवाया मुझे। फिर एक साल शॉर्टहैंड और कंप्यूटर और पता नहीं, क्या-क्या सीखने में, और अब एक साल से तुमने ये नया डिज़ाइन शुरू कर दिया है—फ़ैशन डिज़ाइनिंग। मुझे डैडी से तुम बात भी नहीं करने देती हो।"

"एक्टर, थिएटर, वो कभी भी नहीं मानेंगे—और एक बार 'ना' कह दी डैडी ने तो फिर भारत सरकार भी 'हाँ' नहीं करवा सकती।"

"लेकिन मुझे तो पसन्द करते हैं यार। कितनी मुश्किल से दोस्ती की है उनसे।"

"और अब वो तुम्हें अपना दोस्त समझते हैं, मेरा नहीं!"

"ये तो बड़ी मुश्किल हो गई यार। बस, एक ही रास्ता है।"

"मैं जानती हूँ।"

आरती ने सुरेन्द्र की नक़ल की :

"चलो, भाग के शादी कर लें, फिर देखी जाएगी। अरे तो देखो...कराची वाला, गोल-गप्पे!"

ट्रैफ़िक रुका था। दोनों ने सड़क पार की और दुकान पर पहुँच गए। सुरेन्द्र ने बात फिर भी जारी रखी :

"तो फिर तुम्हीं बताओ, क्या करना है?"

"अगर हम भाग भी जाएँ, तो रहेंगे कहाँ?"

"अरे, कमाल है! तुम्हें बताया तो सही कि मैंने मकान ले लिया है, तुम्हारे लिए। सामान भी ला के भर दिया है बनिए से। सिर्फ़ तुम्हारे लिए। अब अगर तुम नहीं आईं तो..."

"तो...?"

"दालें पड़ी-पड़ी ख़राब नहीं हो जाएँगी?"

और दोनों खिलखिला के हँस पड़े।

7

हालाँकि देर हो चुकी थी, सुरेन्द्र ने फ़ोन करने का फ़ैसला कर लिया। एक केमिस्ट की दुकान पर आया, जहाँ पब्लिक टेलीफ़ोन लगा हुआ था। पर्स में देखा, तो नोट थे, चेंज नहीं था। काउंटर पर खड़े नौजवान से पूछा :

"ज़रा चेंज देंगे? फ़ोन करना है।"

रात की ड्यूटी पर गोपाल ही था। उसने एक रुपये का सिक्का निकालकर दे दिया। सुरेन्द्र ने डायल किया तो आरती ने उठाया :

"हैलो...!"

"हैलो...!"

"क्या हुआ, तुम आज थिएटर पर आने वाली थीं? रिहर्सल के बाद चार घंटे तुम्हारा इन्तज़ार किया, और अब निकला हूँ जब चौकीदार ने आकर सब दरवाज़े बन्द कर दिये।"

"क्या करती, डैडी आज बाहर जाने वाले थे। मैंने सोचा था, वो जाएँगे तो... मैं निकल आऊँगी।"

"क्या यार—डैडी हैं, कोई पुलिसमैन नहीं हैं! उनसे कह के भी तो आ सकती थीं।"

आरती को अफ़सोस हुआ।

"वो भी सोचा था। लेकिन उनसे पूछते वक़्त मैं...नर्वस हो गई।"

"पता नहीं, ये कैसा नर्वस सिस्टम है तुम्हारा! मैं तो कल जाके तुम्हारे डैडी से बात करने वाला हूँ।"

आरती डर गई।

"नो, प्लीज़...सुरेन्द्र, मैं सच कह रही हूँ, डैडी मार डालेंगे मुझे। फिर घर से निकलने नहीं देंगे। मिलने से भी जाएँगे।"

"तो क्या सारी ज़िन्दगी इसी तरह मिलते रहेंगे—बस!"

आरती कुछ सोचकर बोली :

"वही करते हैं फिर।"

"क्या?"

"जो तुम कहते हो—चल के शादी कर लेते हैं, और फिर बता देंगे।"

"गुड...लेकिन फिर पिछली बार की तरह नहीं आईं तो?"
"आऊँगी—इस बार ज़रूर आऊँगी।"
"तो कल का प्रोग्राम बनाते हैं।"

आरती चुप रह गई...घबराने लगी—और सुरेन्द्र बात पक्की करने लगा।

"मैं सारा इन्तज़ाम करके रखता हूँ। तुम मुझे ग्यारह बजे ओपन एयर थिएटर के बाहर मिलना।"

गोपाल ने आवाज़ दी :
"अरे, भाई साहब—कितना लम्बा फ़ोन करेंगे आप!"
"बस, एक मिनट!"
"दस मिनट तो हो गए। क्या शादी भी फ़ोन ही पे करनी है?"

सुरेन्द्र फिर फ़ोन की तरफ़ मुड़ा।
"ओके—दैन सी यू टुमौरो, बाय!"

फ़ोन रखके वो गोपाल की तरफ़ मुड़ा।

"सॉरी सर...फ़ोन ज़रा लम्बा हो गया। दरअसल टेंशन की कोई दवा नहीं आपके पास?"

"है क्यों नहीं साहब! हर चीज़ की दवा मिल जाती है। आजकल तो मिराकल मेडिसीन मिलती है।"

"कोई दीजिए न, गोली—शाम से सरदर्द लिये घूम रहा हूँ।"

"आप किसी इश्क़ में गिरफ़्तार लगते हैं, आपको 'इसबगोल' का पैकेट देता हूँ। रात को दूध के साथ दो चमच ले लीजिएगा। साढ़े चार रुपये।"

गोपाल ने पैकेट निकाल के सामने रख दिया।

8

सुरेन्द्र सुबह ग्यारह बजे से लेकर शाम तक इन्तज़ार करता रहा लेकिन आरती नहीं पहुँची।

वो थक कर वापस चला गया।

9

अगली शाम की बात है, आरती गोपाल के कमरे में बैठी, सुरेन्द्र का ख़त पढ़ रही थी और रो रही थी, जब कप्तान साहब ने आवाज़ दी :

"आरती...!"

आरती ने जल्दी से आँसू पोंछे और मुँह पर पानी के छींटे मार के सामने आ गई।

"सुरेन्द्र क्यों नहीं आया अब तक?"

"अब वो नहीं आएगा—डैडी!"

"अब नहीं आएगा—मतलब?"

"मतलब—अब...अब देर हो गई न। आपकी पंक्चुएलिटी से बहुत डरता है।"

"मैं समझ सकता हूँ। लेकिन फ़ोन तो कर सकता था?"

उसके चेहरे की तरफ़ देखकर बोले :

"और तुम्हारी आँखें क्यों लाल हो रही हैं? क्या रोती रही हो?"

"नहीं तो...वो मुँह धो रही थी तो साबुन चला गया था आँख में, शायद इसीलिए।"

फिर मुड़के अन्दर चली गई। कप्तान साहब बैठे ताश फेंटते रहे। दूसरे एक कमरे में बैठ के ख़त फिर से पढ़ने लगी। ख़त में सुरेन्द्र की आवाज़ सुनाई दी :

'अब मैं तुम्हारे घर कभी नहीं आऊँगा और न ही कभी फ़ोन करूँगा।'

10

रात देर हो रही थी। लेकिन सुरेन्द्र फिर उसी कैमिस्ट की दुकान पर आ गया। वही गोपाल था सामने। सुरेन्द्र ने पूछा :

"हैलो साहब, एक फ़ोन कर सकता हूँ?"

"जी, ज़रूर!"

सुरेन्द्र ने डायल किया तो गोपाल एक और गाहक के साथ मसरूफ़ हो गया। उधर आरती ने फ़ोन उठाया :

"हैलो—हाँ!"

"डैडी तो नहीं हैं आसपास कहीं?"

"नहीं। मैं पेइंगगेस्ट के कमरे में हूँ।"

"फ़ाइनली, वहीं बसने वाली हो तुम?"

"क्या मतलब?"

"तुम्हें बहुत चाहते जो हैं वो। इसीलिए रोज़ रात को उन्हीं के कमरे में सोती हो।"

"कैसी बातें कर रहे हो तुम! तुम जानते हो, वो रात को घर पे नहीं होते और मैं फ़ोन यहाँ लगा देती हूँ ताकि डैडी घंटी न सुनें।"

सुरेन्द्र ग़ुस्से से बोला :

"ख़ैर, मतलब की बात करो। मैं जानता हूँ, तुम क्या कहोगी—डैडी सामने थे—डैडी घर पे थे—तुम नर्वस थीं। तुम नर्वस हो गईं, इसलिए नहीं आई।"

आरती चुपचाप सुन रही थी।

"तो मेरा फ़ैसला भी सुन लो—मैं इसके बाद तुमसे नहीं मिलना चाहता, समझीं...? कल दो बजे मेरी रिहर्सल ख़त्म होगी, उसके बाद शाम तक मैं वहीं रहूँगा थिएटर में—गुड-बाय!"

और फ़ोन रख दिया।

आरती फूट के रो पड़ी। सुरेन्द्र को ख़ुद भी बुरा लगा लेकिन क्या करता! गाहक जा चुका था। वो गोपाल की तरफ़ मुड़ा।

"हद होती है साहब, बर्दाश्त करने की। ये तीसरी बार था कि वो वादा कर के नहीं आई—और मैं उल्टे चिमगादड़ की तरह लटका रहा तार पर, और हर बार एक ही जवाब : 'डैडी थे। डैडी को देख के नर्वस हो गई।'"

"उनके डैडी क्या बहुत सख़्त आदमी हैं?"

"मुझे तो नहीं लगता– हाँ, बहुत डिसिप्लिन वाले हैं। रिटायर्ड कैप्टन हैं, मिलिटरी में थे तो डिसिप्लिन तो होगा।"

गोपाल का माथा ठनका।

"कैप्टन? कहाँ रहते हैं?"

"यहीं तो—नवरंग चौक के पास, एस.वी. रोड पर!"

गोपाल तक़रीबन समझ गया, वो किसकी बात कर रहा है। फिर भी पूछ लिया :

"लड़की क्या करती है?"

"कुछ नहीं करती। बस, मुझसे इश्क़ करती है।"

"क्या आपको यक़ीन है, किसी और से नहीं करती?"

"हंड्रेड पर्सेंट पक्का—हाँ, उससे और भी लोग हैं जो इश्क़ करते हैं। एक तो वो पेइंगगेस्ट है, जो उनके घर में रहता है।"

गोपाल ने गले में कुछ निगला।

"अच्छा...! आपको कैसे मालूम?"

"उसी ने बताया था—अक्सर कुछ न कुछ ले जाता है उसके लिए—कभी चॉकलेट, कभी लिपस्टिक, कभी कुछ। रात को वो अपनी ड्यूटी पर जाता है तो वो उसी के कमरे में फ़ोन ले जाती है, अक्सर सोती भी वहीं है।"

गोपाल को पूरा यक़ीन हो गया, वो आरती ही की बात कर रहा है। सुरेन्द्र फिर बोला :

"कोई Cough syrup हो तो दीजिए—बहुत खाँस रही थी फ़ोन पर।"

"ओह!"

गोपाल ने सिरप की शीशी निकाल के सामने रख दी, और धीमे सुर में पूछा :

"तो अब क्या फ़ैसला किया है?"

"फ़ैसला क्या जी—कल रात को घर से भाग जाएगी, नहीं भागी तो उसके डैडी से बात हो जाएगी।"

"वो कैसे?"

"बस, डैडी को खाना खिलाकर उनके कमरे में कॉफ़ी का आख़िरी कप रखकर किचन के पीछे की सीढ़ियों से नीचे आ जाएगी, मैं वहीं इन्तज़ार कर रहा हूँगा। सिर्फ़ एक प्रॉब्लम है।"

"वो क्या?"

"उसे फिर से नर्वसनेस का अटैक न हो।"

"लड़की मान गई?"

"मान जाएगी। मानेगी कैसे नहीं? कल मिलने तो आएगी ही थिएटर में। ये लीजिए, कफ़ सिरप के पैसे!"

"अगर मेरी एक बात मानें तो अर्ज़ करूँ?"

"कहिए!"

"एक दवाई देता हूँ आपको। बस, शाम के वक़्त उसे कहिए, चाय या कॉफ़ी के साथ पी जाए, पाउडर है। नसें तो लोहे की हो जाती हैं। ख़ुद नर्वस हो जाए पर इनसान नहीं हो सकता है।"

"क्या बात कर रहे हैं? ऐसी भी दवाई है कोई? आपने पहले क्यों नहीं बताया?"
"आपने पूछा ही नहीं।"
"तो लाइए—फ़ौरन दीजिए!"

गोपाल अन्दर गया। नींद की गोलियाँ निकालीं। चार-पाँच को पीस कर पुड़िया बनाई, और लाकर थमा दी।

"ये लीजिए!"
"थैंक्यू डॉक्टर—गुडनाइट!"
"गुडनाइट!"

जैसे ही सुरेन्द्र गया, वो बुड़बुड़ाया :

"गुडनाइट...तो अब कल रात को कहना तुम प्यारे, जब आरती नींद की गोलियाँ खाकर सोई रहेगी।"

11

अगले दिन जब आरती मिलने आई तो, दोनों जाकर एक रेस्टोरेंट में बैठ गए—और भागने का पक्का प्रोग्राम तय करने लगे। उसी में सुरेन्द्र ने वो 'पुड़िया' भी उसके हाथ पे रख दी।

12

गोपाल ने उस रात ड्यूटी पर जाने से पहले सब कुछ कप्तान साहब को बता दिया। लेकिन फिर भी नर्वस था।

"देखिए...मेरा नाम न कहिएगा...मैंने कुछ कहा है...आरती जी...आख़िर..."

"तुम देखो तो सही मि. गोपाल...मैं क्या सबक़ सिखाता हूँ उस लड़के को। साला एक्टर—ये भी कोई पेशा है! मैं तुमसे शादी करा देता उसकी, अगर..."

"देखिए, उन्हें अगर मालूम हो गया तो..."

"तुम बेफ़िक्र रहो। आरती को भनक भी नहीं पड़ेगी, सब कुछ नॉर्मल होगा, और उस लड़के को तो मेरी पिस्तौल देखेगी, सीढ़ियों के नीचे!"

उसी वक़्त आरती के खाँसने की आवाज़ आई। गोपाल घबरा गया।
"मैं चलूँ—शायद आरती...आरती...मैं चलता हूँ।"

गोपाल तेज़ी से निकल गया।

13

गोपाल दुकान पर था, लेकिन सारा ध्यान घर पे लगा हुआ था। एक गाहक को पाँच रुपये वापस करने थे। बेध्यानी में एक रुपया का सिक्का दे दिया। गाहक ने हैरत से देखा।

"पाँच रुपये वापस करने हैं हुज़ूर, आप एक रुपये दे रहे हैं!"
"ओह, सॉरी! मैंने समझा, आपको फ़ोन करना है।"
"जी नहीं हुज़ूर...हर्गिज़ नहीं..."

गाहक पाँच रुपये लेकर निकल गया। गोपाल ने घर का नम्बर लगाया। कप्तान साहब ने फ़ोन उठाया, पर कुछ बोले नहीं। गोपाल भी नहीं, और फ़ोन रख दिया।

आरती जैसे ही घर के अन्दर गई, कप्तान साहब ने किचन का दरवाज़ा बन्द किया और कुंडी लगा दी। और सोफ़े पर बैठकर कॉफ़ी का घूँट लिया।

14

कुछ रात अभी बाक़ी थी, जब गोपाल ने फ़ोन किया। घंटी बजती रही पर किसी ने फ़ोन उठाया नहीं।

कप्तान साहब सोफ़े पर सो रहे थे और पिस्तौल पास की मेज़ पर पड़ा था। किचन के दरवाज़े पर कुंडी लगी हुई थी।

गोपाल ने फ़ोन रखा ही था कि एक टैक्सी दुकान के बाहर आकर रुकी... और सुरेन्द्र दौड़ा-दौड़ा दुकान पर आया। गोपाल की आँखें खुली की खुली रह गईं।

"डॉक्टर साहब—वो कफ़-सिरप एक और देना। पहला आरती घर भूल आई है।"

"वो...वो आ गई?"
"अरे हाँ—वो तो बताया ही नहीं, प्लान के मुताबिक़ आरती घर से भाग आई।"
"तो वो—पाउडर—मेरा मतलब...वो दवा...काम आ गई?"
"अरे हाँ, आरती ने बताया कि निकलने से पहले जब वो डैडी के लिए कॉफ़ी बना रही थी—तो उसने सोच लिया था कि डर के वो उस घर से नहीं निकलेगी। अपने नर्वसनेस के लिए वो दवा का सहारा भी नहीं लेगी।"

गोपाल के गले से मुश्किल से आवाज़ निकली :
"तो..?"
"इसलिए उसने वो दवा डैडी की कॉफ़ी में डाल दी ताकि उनकी नर्वस को ताक़त मिले और सदमा न पहुँचे।"

गोपाल गिरते-गिरते सँभला।
"और वो पीछे की सीढ़ियों से भी नहीं आई, चिट्‌ठी लिख कर, सामने के दरवाज़े से निकल आई।"

गोपाल के गले में कुछ अटक गया।
"एक दोस्त के घर पंडित का इन्तज़ाम कर रखा था हमने। शादी भी हो गई। कल रिसेप्शन है 'ओपन एयर थिएटर' में। आप...आप...आइएगा ज़रूर!"

बाहर की टैक्सी से किसी के खाँसने की आवाज़ आई। गोपाल ने पूछा :
"कौन है?...खाँसी की आवाज़..."
"आरती है टैक्सी में। शादी के बाद घर जा रहे हैं। आइए, आपको मिला दूँ।"
"ना—नहीं!"
"ना—नहीं? आपका नाम गोपाल है क्या?"

गोपाल तो बर्फ़ की तरह वहीं जम गया—और सुरेन्द्र टैक्सी में निकल गया।

[फ़ेड आउट]

सलमा

1

सलमा की तसवीर दीवार पर टाँगते हुए अनवर मियाँ ने आबिदा बेगम की तरफ़ देखा, जो सोफ़े पर बैठी थीं।

"काला लिबास कमाल करता था सलमा पर! गोरी तो थीं ही, पर काला पहनकर कुछ ज़्यादा ही गोरी लगने लगती थीं...। लगती थीं, जैसे काले लिबास में कोई रौशनी आकर बैठ गई है।"

"वाह, क्या शायराना बात की है आपने!"

आबिदा बेगम बेसाख़्ता दाद दिये बग़ैर न रह सकीं। अनवर स्टूल से नीचे उतर आए। दूर से तसवीर का जायज़ा लिया।

"सलमा को भी बहुत शौक़ था शायरी का। पढ़ने का भी, लिखने का भी...और याद रखने का भी!"

आबिदा बेगम बहुत ध्यान से अनवर की बातें सुन रही थीं। अनवर बोले :

"लेकिन शे'र बड़े उदास सुनती थीं।"

"आप मिले कहाँ उन्हें?"

"वहीं दफ़्तर में! मेरा काम तो ज़्यादातर टूर (Tour) का ही था। एक बार वापस आया तो मैनेजर ने कहा कि 'नई Executive Officer आई हैं, बहुत efficient हैं। उनसे मिल के पिछले महीने के Minutes देख लो।' मैं फ़ौरन उनके कमरे की तरफ़ चला गया।"

2

चपरासी अपने स्टूल पर नहीं था। अनवर ने दरवाज़े पर दस्तक दी। आवाज़ आई, "कम इन, प्लीज़!"

'प्लीज़' सुनकर अच्छा लगा अनवर को। दाख़िल हुए तो देखा, मोहतरमा अपने काग़ज़ात पर झुकी हुई थीं। नाक पर चश्मा भी था। ऊपर देखकर फिर कहा :

"कम इन, प्लीज़!"

और कुर्सी पेश करते हुए, चश्मा उतार लिया। अनवर ने अपना तारुफ़ कराया :

"मेरा नाम अनवर हाशमी है। Eastern Circuit का Sales executive हूँ।"

मुस्कुराते हुए सलमा ने कहा :

"जानती हूँ। आपको Minutes चाहिए पिछले महीने की?"

अनवर ने सिर की जुंबिश से 'जी' कहा। उन्होंने दाएँ हाथ से बायाँ दराज़ खोला। बायाँ हाथ दुपट्टे ही में लिपटा रहा। माथे पर दर्द की शिकन देखकर अनवर ने कहा :

"क्या हुआ? मैं खोल दूँ दराज़?"

"जी...अगर ज़ेहमत न हो तो!"

अनवर ने जाकर दराज़ खोल दिया। दाएँ हाथ से सलमा ने फ़ाइल निकाली। अनवर ने देखा, बायाँ हाथ सिलंग में था।

"क्या हुआ हाथ में?"

"बाँह मुड़ गई, अलमारी खिसकाते हुए, उफ़्फ़...! अपनी लैंडलेडी की मदद कर रही थी।"

"डॉक्टर को दिखाया आपने? कम्पनी के डॉक्टर हैं, उन्हें बुला के..."

उन्होंने बीच ही में टोक दिया।

"नहीं, नहीं—ऐसी कोई ज़रूरत नहीं, ऑइन्मेंट लगा दी है, ठीक हो जाएगा। मैं हूँ ही बहुत एक्सीडेंट प्रोन!"

"फिर भी, मोच हो या कोई, ख़ुदानाख़्वास्ता..."

सलमा ने उसपर शे'र सुना दिया :

"ख़ुदा की मर्ज़ी मेरे दर्द में नहीं शामिल
ख़ुदा के नाम पे देते हैं लोग दर्द मुझे!"

"वाह...! बहुत अच्छा शे'र है!"
"ये लीजिए, आपके Minutes!"

उठकर फ़ाइल ले ली अनवर ने।
"शुक्रिया!"

और बहुत मुत्तासिर होकर अनवर लौट गए।

3

अनवर अभी तक तसवीर के नीचे कुछ कर रहे थे और आबिदा सुन रही थीं। अनवर कह रहे थे :

"देखने में कोई बहुत ख़ूबसूरत नहीं थीं, लेकिन उनकी शख़्सियत बड़ी मुत्तासिर कर गई। ये मुमकिन नहीं था कि आप उनसे मिलकर आएँ और उनका ख़याल वहीं छोड़ आएँ। उस रोज़ भी जब मैं मिलकर आया तो सारा दिन उनका ख़याल मेरे साथ घूमता रहा। मेरा काम ऐसा था, कि रोज़-रोज़ उनसे मिलने की वजह नहीं थी, मगर मैं एक बार फिर मिलने की किसी वजह का इन्तज़ार करता रहा। एक दिन अचानक ख़ुदाद-सर्कल पर रास्ते किनारे खड़ी मिल गईं। मैंने मोटर-साइकिल रोक दी।"

4

अनवर की मोटर-साइकिल रुकी तो सलमा ने हैरत से देखा।
"यहाँ क्यों खड़ी हैं आप?...कहाँ जाना है?"

पर उन्होंने पहचाना नहीं।
"आप कौन हैं?"

अनवर ने इंजन बन्द किया।
"आप मिस सलमा मेमसाहब हैं न?"

"जी, लेकिन आप कौन हैं?"

अनवर ने घबरा के अपना हैल्मेट उतार दिया।
"आप अभी उस रोज़ दफ़्तर में..."

अनवर ने जुमला ख़त्म भी नहीं किया था कि वो बोलीं :
"अनवर साहब, जनाब अनवर हाशमी, हैल्मेट के साथ कोई कैसे पहचाने आपको?"

अनवर की धड़कन ठिकाने आई—बोले :
"यहाँ क्या कर रही हैं आप?"
"टैक्सी के लिए रुकी थी।"
"नागवार न गुज़रे तो चलिए, मैं छोड़ दूँ दफ़्तर तक। वहीं जा रही हैं न?"
"जी...।"
"तो आइए!"

बैठने से पहले बोलीं :
"बहुत रफ़्तार से न जाइए—मैं आदी नहीं..."

5

अनवर केबिन में दाख़िल हुए तो पहले उनकी आवाज़ सुनाई दी :
"उसके भी कोई एक महीना बाद की बात है, एक बार फिर दफ़्तर में मिला। इस बार वो काले लिबास में थीं।"

केबिन में दाख़िल होकर अनवर ने पूछा :
"मे आई कम इन?"

सर उठाकर देखा सलमा ने।
"माफ़ कीजिएगा, आपका चपरासी बाहर नहीं था। इसलिए अन्दर आकर पूछना पड़ा। क्या मैं अन्दर आ सकता हूँ?"

बड़ी उदास आँखों से मुस्कुराईं :
"आइए...आइए...!"

अनवर ने बैठते-बैठते कहा :
"काला कलर कमाल करता है आप पर!"

सलमा ने गहरी साँस लेकर कहा :
"जी हाँ, मुझ पर सारे ही मातम कमाल करते हैं!"

"Oh, I am sorry! मुझे ख़याल नहीं आया कि आपने...किसी मातम की वजह से ये काला लिबास पहन रखा है। I am very very sorry!"

"नहीं, कोई बात नहीं...इसमें इनसान चेहरों पर लिखकर तो नहीं रखता।"

उनकी आवाज़ रुँध गई, और मुँह मोड़कर आँसू छुपाने की कोशिश की। अनवर ने बड़ी तहज़ीब के साथ अपना रूमाल पेश किया। रूमाल लेते हुए उन्होंने अनवर का हाथ पकड़ लिया। और आँखें बहने लगीं।

"You are much like him। आपके आदाब और सलीक़े कितने मिलते हैं उनसे!"

और सँभलने की कोशिश की।

"उफ़!...कमबख़्त आँसुओं पर बस नहीं चलता, कितनी बेबस होती हैं आँखें। कोई देख ले तो तमाशा बन जाऊँगी सबके सामने। छोड़िए...ये बताइए, चाय पिएँगे आप?"

अनवर ने राय दी।

"अगर बुरा न मानें, तो चलिए, बाहर कहीं चलकर एक-एक कॉफ़ी पीते हैं। ज़रा माहौल अलग होगा तो आपका जी हल्का हो जाएगा।"

"आप क्यों बर्दाश्त करना चाहते हैं मुझे? मेरे ग़मों का बोझ आप मत उठाइए। आप तंग आ जाएँगे मुझसे। पता नहीं क्यों, आपके सामने बाँध टूट गए मेरी आँखों के! सो हफ़्ते के बाद, आज ही आई थी दफ़्तर में और..."

और आँसू फिर बहने लगे।

"चलिए, उठिए—दफ़्तर का माहौल है, और...और जैसी आदत है आपकी ...आपने तो किसी से कुछ कहा भी नहीं होगा। अन्दर-ही-अन्दर घुट रही होंगी!"

"किसी के जाने से हमको गिला नहीं है मगर
बड़े क़रीब से उठकर चला गया कोई!"

बहुत सँभल के उठीं और चल दीं।

6

रेस्टोरेंट के अलग-थलग कोने में बैठे अनवर और सलमा कॉफ़ी पी रहे थे। सलमा अभी बीच-बीच में सुबकियाँ ले रही थीं।

"शाहिद ने बहुत कोशिश की अम्माँ को मनाने की, लेकिन वो नहीं मानी। सोचिए, जो ख़ुशियाँ थीं शाहिद की, वही उसकी दुश्मन हो गई। वो बहुत अच्छा गाते थे, सितार बजाते थे, और कितना ख़ूबसूरत इन्तख़ाब था शे'रों का! एक डायरी बना रखी थी। कोई अच्छा शे'र सुनते तो फ़ौरन उसमें दर्ज कर लेते थे। कहीं-कहीं मेरे शे'र भी लिख रखे थे। मैंने कई बार कहा, इतने बड़े उस्तादों में मुझ निगोड़ी को क्यों बिठा रखा है? उठाओ इसे, बाहर करो!"

उनकी आवाज़ फिर रुँधने लगी।

"एक बार मैंने कुछ शे'र काट दिये अपने, तो ऐसे नाराज़ हुए कि रात की रात फ़्लाइट लेकर वापस चले गए। सौदिया! मैं...मैं मनाती ही रह गई। वो डायरी अब तक मेरे पास ही रखी है। किसी रोज़ दिखाऊँगी आपको।"

फिर ज़रा सँभलकर बोलीं :

"अनवर साहब...!"

अनवर ने टोका :

"आप मुझे साहब-वाहब मत कहा कीजिए—सिर्फ़ अनवर ही बुलाइए। आख़िर ऐसी भी क्या फ़ॉर्मेलिटी है!"

"आप भी तो मुझे...सलमा जी या मोहतरमा कह के बुलाते हैं।"

"ठीक है! आइन्दा सिर्फ़ सलमा ही कहूँगा (after a pause) फिर? अब्बा माने नहीं?"

"(Nodded no) इस बार जब शाहिद लखनऊ गए तो उन्होंने साफ़ ही इनकार कर दिया। कह दिया, आपका चाहे कितना ही बड़ा घराना क्यों न हो, लेकिन मैं एक शायर, एक मौसीक़ार के हाथ अपनी बेटी नहीं सौंपूँगा!"

वो रुकीं—एक आह भरी।

"वापस जाते हुए, शाहिद बम्बई में मिलकर गए मुझे और कह के गए थे, अगर एक महीने के अन्दर-अन्दर हमारे अब्बा नहीं माने, तो अगस्त में हम लोग पाकिस्तान जाके निकाह पढ़ा लेंगे।"

"पाकिस्तान में क्यों?"

"वहाँ उनकी बड़ी बहन रहती हैं। वो बहुत चाहती हैं मुझे।"

"आप मिली हैं उनसे?"

"नहीं—सिर्फ़ फ़ोन पर ही बात होती है। शाहिद के एक्सीडेंट की ख़बर भी तो..."

कहते कहते दुख से आवाज़ रुँध गई।

"नजमा आपा फ़ोन पर ही...वरना...उनके घर से कहाँ...कोई बताता मुझे!"

उनकी आँखें फिर भीग गईं।

"तो इन्तकाल कहाँ हुआ? सौदिया में या...पाकिस्तान में?"

"पाकिस्तान में ही थे...और नजमा बाजी उनकी बॉडी लेकर...सौदिया जा रही थीं...बेचारी ऐसी टूटी हुई थीं...बात हलक़ से निकल ही नहीं रही थी। मैं तो...क़तरा-क़तरा सुन-सुन के..."

फिर से वो फूट के रो पड़ीं। अचानक वेटर आ गया। अनवर ने बिल अदा किया तो वो ज़िद करने लगीं। लेकिन वेटर जल्दी से निकल गया। उनका पर्स खुला ही रह गया। फिर कुछ ख़याल आया, एक फ़ोटू निकालकर अनवर के सामने कर दिया।

"कौन है ये?...ये तसवीर..."

सर हिलाया—एक सुबकी ली।

"हाँ, शाहिद की है, हमेशा साथ रहती है मेरे।"

अनवर का मुँह उतर गया। सलमा ने भी एक लम्बी आह भरी।

"मैं कैसे भूल पाऊँगी शाहिद को?"

और आहिस्ता से एक आँसू पोंछ दिया।

7

अनवर और सलमा एक बार फिर मोटर-साइकिल पर कहीं जा रहे थे। सलमा ने जिस तरह थाम रखा था अनवर को, उससे लगता था, दोनों काफ़ी बे-तकल्लुफ़ हो चुके हैं।

"फ़्लोरा चलें, वहाँ का चाइनीज़ बहुत अच्छा है।"

सलमा ने शिद्दत से सर हिलाया।

"नहीं, वहाँ नहीं, प्लीज़! शाहिद की फ़ेवरेट जगह थी। जितने दिन बम्बई में रहते थे, आधी शामें तो वहीं गुज़रती थीं!"

अनवर ने फिर ताईद की।

"फिर तो वहीं चलना चाहिए सलमा। You must make peace with his memories. Avoid मत करो, शाहिद की यादों से सुलह कर लो अब।"

वो चुप हो गईं। लेकिन आँखें भर आईं जो उन्होंने अनवर की पीठ पर पोंछ दीं, या बहा दीं। अनवर ने हाथ से थपथपाकर ढाढ़स दी।

8

रेस्टोरेंट में खाने के दौरान अचानक अनवर का हाथ थाम लिया।

"अनवर, सचमुच कितना सहारा दिया है तुमने मुझे! और मेरा ग़म ऐसे ही सह लिया, जैसे तुम्हारा अपना ग़म था :

मेरे ग़म यूँ सँभाले हैं तुमने
जैसे ज़ेवर सँभालता है कोई!"

अनवर ने प्यार से कहा :

"मुझे शे'र कहना तो नहीं आता सलमा, लेकिन तुम सचमुच मेरा ज़ेवर हो। इसीलिए दिल में सँभाल लिया है!"

उन्होंने भी प्यार से उनका हाथ पकड़ लिया।

9

सलमा और अनवर का तालुक़ात का मोंटाज़ शुरू हुआ :

दोनों 'ईरोज़' सिनेमा से पिक्चर देखकर निकले।

दोनों हाथ पकड़ कर सड़क पार कर रहे थे, ट्रैफ़िक में।

दोनों मोटर साइकिल पर इन्तहाई से सफ़र करते हुए।

दोनों एक बार फिर उसी रेस्टोरेंट में, उसी सीट पर और अनवर ने सलमा का हाथ पकड़कर अँगूठी पहना दी।

बारिश में, अनवर और सलमा, बम्बई की मैरीन ड्राइव पर हँसते-भीगते चल रहे थे।

10

दोनों भीगते हुए सलमा के घर पहुँच गए थे। अनवर कपड़े बदल चुके थे। तभी सलमा ने ग़ुसलख़ाने के दरवाज़े से झाँककर आवाज़ दी :

"अनवर...वो ड्रेस पकड़ा दो ज़रा, प्लीज़!"

"गाउन ले के तो गई थीं!...क्या हुआ?"

"गिर पड़ा—गीला हो गया।"

उन्होंने ड्रेस थमा दिया। सलमा के दरवाज़ा बन्द करते ही लैंडलेडी चाय की ट्रे लेकर आ गईं। अनवर ने उनका शुक्रिया किया।

"Oh, thank you Mrs. Martha."

मि. मार्था ने मुस्कुरा के कहा :

"थोड़े चिप्स बना दिये मैंने। यू लाइक इट!"

उसी वक़्त सलमा लिबास बदलकर आ गईं।

"थैंक्यू आंटी। आंटी, ये अनवर हाशमी हैं!"

"मैं जानती हूँ। तुमने बताया था। अब शादी करके भी इधर ही रहना। जाना नहीं यहाँ से।"

अनवर हँस पड़े—सलमा बोलीं :

"आप पहले नहीं मिले आंटी से, मिसेज़ मार्था!"

"मैं भी जानता हूँ, मिला नहीं था। लेकिन मुझे याद है, इनकी अलमारी खिसकाते हुए बाँह में मोच आई थी और..."

आंटी समझी नहीं।

"कौन-सी अलमारी?"

सलमा जल्दी से बोलीं :

"कुछ नहीं आंटी, ये बड़ी पुरानी बात कर रहे हैं!"

अनवर ने समझाने की कोशिश की :

"मैं पहली बार जब मिला था सलमा से, तो इनका बायाँ बाज़ू..."

सलमा ने फिर बीच में टोका :

"अब छोड़ो भी, क्या बन्द अलमारियाँ खोल रहे हो!"

आंटी फिर भी न समझीं।

"लेकिन कौन-सी अलमारी?"

"शादी के बाद यहाँ रहेंगे तो एक अलमारी इनको दहेज में देनी पड़ेगी।"

"मैं दूँगी न—प्रॉमिस!"

आंटी हँसती हुई चली गईं। अनवर चाय बनाने लगे।

"तो अगले महीने कोई अच्छी-सी तारीख़ तय कर लें शादी की?"

"देखिए पाते हैं क्या 'फ़ैज़' बुतों से उश्शाक़
एक ब्रह्मण ने कहा है कि ये साल अच्छा है!"

"मतलब...?"

"मतलब ये कि...जो तारीख़ आप तय करेंगे, वही तारीख़ मेरे लिए मुबारक होगी।"

अनवर ने सलमा का हाथ थाम लिया।

"एक बात तुमसे कहनी है सलमा। मेरे एक दोस्त हैं, देहली में 'चंद्रभान'! मैं उन्हें अपने निकाह पर बुलाना चाहता हूँ, लेकिन डरता हूँ कि..."

आंटी थोड़े चिप्स और लेकर आ गईं।

"सॉरी...और डिस्टर्ब नहीं करूँगी, थोड़े-से गर्म चिप्स और थे, ले आई।"

और प्लेट रखके फ़ौरन चली भी गईं। इस बार सलमा ने पूछा :

"हाँ, तो क्या कह रहे थे? तुम्हारे एक दोस्त हैं जिन्हें तुम इन्वाइट करना चाहते हो!"

अनवर ने एक वक़्फ़ा लिया और उसी तरह हाथ थामकर बोला :

"सलमा, मुझे वादा दो—चाहे कुछ भी हो जाए, तुम हमेशा ऐसे ही प्यार करोगी।"

सलमा कुछ संजीदा हो गईं :

"तुम्हीं पर है...शाहिद की तसवीर जो..."

फिर कुछ रुककर बोलीं :

"वादा करो, तुम उतना ही चाहोगे मुझे, जितना मैं शाहिद को चाहती थी!"

और अचानक फिर से आँसू भर गए सलमा की आँखों में। अनवर बोले :

"देखा...देखा, फिर रोने लगीं, इसीलिए मैं कहते हुए डरता था कि..."

भर्राई हुई आवाज़ में सलमा बोलीं :

"नहीं, अनवर, मुझे...मुझे एक एतराफ़ करना है तुम्हारे सामने। शाहिद... शाहिद कोई नहीं है, कभी भी नहीं था, वो सिर्फ़ एक कहानी थी जो मैंने अपने गिर्द बुन लिया था। एक ख़्वाब, एक अफ़साना लपेट लिया था, और उसी में जीने लगी थी।"

वो रोती गईं और आँसू पोंछती रहीं।

"और वो तसवीर यूँही...एक रोज़...मुझे पुरानी फ़ाइल में मिली। उस तसवीर को, अपने ख़्वाबों का शहज़ादा बना लिया था।"

एक लम्बा वक़्फ़ा लिया—और फिर अनवर ने कहा :

"वही तो डर था मुझे...कि किसी रोज़ वो शहज़ादा तुम्हारी आँखों के सामने आ गया तो..."

फिर एक वक़्फ़ा लेकर अनवर ने कहा :
"वो तसवीर मेरे पर्स से खो गई थी, शायद दफ़्तर में गिर पड़ी हो!"

हैरत से सलमा की आँखें खुली रह गईं—बोलीं :
"क्या वो सचमुच गाते हैं? सितार बजाते हैं?"
"नहीं, उसका मूँगफली के तेल का कारोबार है—होलसेल का।"

एक हैरत की मुहर चिपक गई सलमा के चेहरे पर ।

11

अनवर के घर पर, सलमा की तसवीर सामने थी—और अनवर, आबिदा बेगम से कह रहा था :

"अचानक ही बीमार पड़ीं और दो दिन में देखते-देखते..."

आँसू छुपाने के लिए, अनवर ने अपना चेहरा हाथों से ढाँप लिया। आबिदा ने उठकर अपना रूमाल पेश किया, और तसवीर की तरफ़ देखते हुए सोचा, क्या दीवार पे लगी सलमा की तसवीर भी सचमुच कोई थी—या वो अनवर की कहानी है? बड़े तपाक से वो अनवर के पास बैठ गईं और पूछा :

"ये फ़ोटू आपको कहाँ से मिला? किसी फ़ाइल से?"

अनवर ने चौंककर आबिदा की तरफ़ देखा।

[फ़ेड आउट]

सालगिरह

1

देवयानी के लम्बे बाल, निखिल के पूरे चेहरे पर बिखरे हुए थे। आँख, नाक, मुँह, सब ढक गया था। वो अभी तक गहरी नींद में सो रहा था। देवयानी जागी। बहुत धीरे-धीरे उसने अपने बाल समेटे।

बाल तो सिमट गए, लेकिन निखिल की बाँहें लिपट गईं। तब पता चला कि वो घुन्ना अन्दर से जाग रहा है।

देवयानी ने हाथ बढ़ा के पीछे पड़ा मैला-कुचैला ट्रांज़िस्टर चला दिया। सुबह का रवीन्द्र संगीत प्रोग्राम शुरू होने ही वाला था...उसकी जेब से 'पॉकेट वाच' निकालकर वक़्त देखा और उसी वक़्त रेडियो पर अनाउंसमेंट हुई :

'ये बम्बई है। सुबह के सात बजे हैं। दुर्गा पूजा के दशमी के दिन हम...'

देवयानी ने जल्दी से रेडियो की सुई घुमा दी—और रेडियो कलकत्ता पर लगाया।

"उफ़!...बम्बई में भी कलकत्ता ही सुनती हो?"

निखिल ने तकिया खींचकर कान बन्द कर लिये।

"मेरा जो हुआ—कलकत्ता!"

और उठने की कोशिश की।

"अब उठो भी!"

"क्या जल्दी है?"

"अच्छा...मुझे तो उठने दो!"

"ऊँ-हूँ!"

"आज कौन-सा दिन है? कुछ पता है?"

"सोमवार।"

"तिथि कौन-सी है?"

"कल से एक ज़्यादा।"
"तारीख़!"
"महीना ख़त्म होने में दो दिन हैं अभी।"
"और कुछ याद है?"
"ऊँ-हूँ!"
"बेश...दोष्टो—छोड़ दो मुझे!"
"ऊँ-हूँ!"

देवयानी ने कोशिश की, लेकिन निखिल ने जफ्फी और सख़्त कर ली।
"तुम मुझे उठने नहीं दोगे?"
"ऊँ-हूँ...!"
"क्यों...?"

निखिल ने उसे पूरी तरह बाँहों में भर लिया। वो छुड़ाती रही। उसके बाल दोनों की आँखों, नाक, और मुँह में लिपटते गए। निखिल बुड़बुड़ाया :
"ओहो—जब देखो, तेरा ये जंगल हम दोनों के बीच में आ जाता है!"

कहते हुए छोड़ दिया उसे। देवयानी जकड़ से निकल गई। निखिल ने एक लम्बा-सा बाल अपने मुँह से निकाला और बोला :
"जाने कितनी जूएँ होंगी इन बालों में?"
"है, तो होने दो।"

निखिल ने झूठ-मूठ का मुँह बनाया।
"किसी दिन तेरे बालों को डिटोल से धोना पड़ेगा।"
"आँहाँ—बड़े आए डिटोल वाले, उठो!"
"क्या है?"
"बैठ जाओ, कम-से-कम मुझे पैर छूने तो दो!"
"ऐसे ही छू लो।"
"ओ माँ! लेटे हुए या सोए हुए आदमी के पैर नहीं छूते।"
"क्यों?...क्या होता है?"
"अशुभ होता है।"

निखिल उठके बैठ गया। देवयानी ने सर पे पल्लू लिया और कुछ श्लोक पढ़ते हुए उसके पाँव छूए...निखिल ने झटके से पाँव हटा लिये, जैसे गुदगुदी हुई हो! देवयानी ने धप्प से मारा पाँव पर।

"आज क्या हुआ है तुम्हें?"

"आज विजया दशमी है और आज के ही दिन..."

"हम तुम्हें भगा के लाये थे।"

"बड़े भगाने वाले आए! चेहरा तो देखो पहले अपना। हम ख़ुद चले आए थे, तुम पर तरस खाकर!"

वो उठकर चली गई और निखिल देखता रहा उसे। देवयानी ने सिंदूर की डिबिया निकाली। पहले माथे पर टीका लगाया। फिर माँग में सिंदूर भरा, और थोड़ा-सा चुटकी से नाक पर भी आ गिरा। निखिल ने देख लिया।

"ठहरो!"

देवयानी नाक से सिंदूर पोंछने वाली थी। निखिल की चिल्लाने से रुकी :

"क्यों चिल्लाते हो? मकान मालिक जाग जाएगा, और उसकी बीवी मुझे दिन भर डाँट पिलाती रहेगी।"

"ओह, सॉरी! बात ये है कि नाक पर गिरा सिंदूर शुभ होता है।"

देवयानी ने ग़ौर से देखा उसे।

"जिसकी नाक पर सिंदूर गिरता है, वो अपने पति की प्यारी होती है।"

देवयानी इतराई ज़रा :

"तभी तो पूजा मंडल तक ले नहीं गए। ख़ुद ही पड़ोस की नोमिता के साथ दर्शन करके आ गई।"

"अब दर्शन करके क्या होगा? जब तक तुम मिलीं नहीं, तब हर देवी के ख़ूब हाथ-पैर जोड़े। जानूँ देवयानी—काम ही कुछ ऐसा है। दफ़्तर के काफ़ी लोग दशहरे की छुट्टियों पर गए हैं। बोस ने रिक्वेस्ट की तो मैंने ओवर टाइम करना मान लिया, शायद इसी से वो ख़ुश होकर, मेरा नाम बड़ी वेकेंसी के लिए रिकम्मेंड करें, कुछ एक्स्ट्रा पैसे भी मिले।"

देवयानी निखिल की मजबूरियाँ समझती थी।

"सच! मैं मज़ाक़ कर रही थी। तुम सच मान बैठे? मैं क्या नहीं जानती कि तुम मेरे लिए कितना खटते हो? मैं ही दो एक साल रुकती, तो तुम तब तक तरक़्क़ी पा लेते।"

"पागल, दो साल रुकता, तो तुम्हारे जैठो और बाबा तुम्हारी शादी Ordinance वाले दुलालसेन से कर देते। साला...तरक़्क़ी गई भाड़ में, और मेरी तरक़्क़ी नहीं

हुई क्या? कुँवारे से एक पति बन गया। तुम्हें देखकर ही देशपांडे ने कमरा-ड्योढ़ी किराए पर दिया। वरना पहले कितनी बार नाक रगड़ी थी। कहने लगा : 'बंगाली बाबू, मैं उसूलन कुँवारों को घर देने के हक़ में नहीं हूँ!' जानती हो, क्यों? उसे डर था कि उस थुलथुल चम्पा बाई के साथ मैं इश्क़ न लड़ाऊँ!"

देवयानी मन-ही-मन खिल उठी। फिर भी चुप रही। बल्कि निखिल से छेड़ की।
"ठीक ही तो डर था उसे। तुम हो ही बड़े बेसब्रे!"

निखिल झपटा उसे पकड़ने—लेकिन वो खिसक गई।
"ठहरो—अभी बताता हूँ।"
"देखो, ये दुष्ट्मी छोड़ दो, मैं चाय का पानी रखने जा रही हूँ।"
"चाय? हमें नहीं चाहिए।"
"फिर क्या चाहते हैं?"
"सिर्फ़ आपको चाहते हैं!"

निखिल दोबारा झपटा पकड़ने के लिए, लेकिन उसी वक़्त दूधवाले ने दरवाज़े से आवाज़ दी।

2

देवयानी बर्तन लेकर पहुँच गई।
"आधा लीटर और!"
"आज बड़ी मुश्किल है मेम साहब!"
"ओ माँ! आज दशहरा है, हमे 'पाइश' भी तो बनाना है।"
"'पाइश'...क्या?"
"खीर!"
"ओ, समझा! तभी तो अगले बिल्डिंग के बंगाली बाबू ने एक्स्ट्रा दूध माँग लिया।"

देवयानी ने कमरे के रसोई वाले कोने में स्टोव जलाया और निखिल ने बालकनी में सिगरेट सुलगाई।

बालकनी के उस तरफ़ 'अंटोप हिल कॉलोनी' का इलाक़ा नज़र आता था जिसका अन्दाज़ा बाहर के ट्रैफ़िक की आवाज़ों से भी हो सकता था। छोटी-बड़ी

इमारतों से भरा हुआ ये इलाक़ा मिडिल क्लास सोसायटी की ख़बर देता था। रिक्शा और बसों की आवाज़ें घर के अन्दर तक पहुँचती थीं। सब्ज़ी-तरकारी वालों के बोल भी सुनाई दे जाते थे।

देवयानी ने सुबह का अख़बार और चाय का प्याला लाकर मेज़ पर रख दिया...निखिल दो फ़ुटी बालकनी से अन्दर आ गया...देवयानी बोली :

"मैं खाना चढ़ाकर, कपड़े धोने जाऊँगी।"

"तुम ज़रूर पिछले जनम में धोबी घाट की मुखिया रही होंगी।"

"अच्छा?"

निखिल मुस्कुरा दिया और अख़्बार उठा लिया, फिर आवाज़ दी :

"सुनती हो?"

देवथानी मुड़ी।

"अब क्या हुआ?"

निखिल ने अख़बार से नज़र नहीं उठाई।

"बाढ़!...आसाम, बंगाल में बाढ़!"

"बस, इसलिए बुलाया था?"

"और नहीं तो क्या!"

"बम्बई में क्या हुआ है, जानते हो?"

"क्या हुआ है अब बम्बई में?"

"दस परसेंट वोटर कट! दस क्या, पच्चीस ही होगा।"

"तुमने कहाँ पढ़ा था?"

"पानी कम आ रहा है न, ख़बर कल के अख़बार में शायद आ जाए। मेरी सुनो, जल्दी-जल्दी नहा के आ जाओ।"

"ये भी कोई ख़बर हुई! ये तो रोज़-रोज़ होता है। ख़बर तो ये है—देहरादून में दाल में नमक कम होने पर पति ने ग़ुस्से में पत्नी की नाक काट दी।"

"छी-छी—बड़े दिन इतनी अशुभ बात करते हो!"

निखिल अख़बार के परदे में डूबा रहा—और नौकरियों के कॉलम पढ़ता रहा।

3

इस कमरे के कई कोने थे। देवयानी, नल के कोने पर बैठी कपड़े धो रही थी और निखिल उसके पीछे बैठा, उसकी चोटी बना रहा था।

"ओहो, दर्द हो रहा है!"

"तुम हिलोगी तो और दर्द होगा।"

"छोड़ भी दो।"

"वाह भई! तुम्हारी सेवा कर रहे हैं, और तुम शुक्रिया की जगह झगड़ने लगती हो।"

"काट ही दो न। खींचते क्यों हो?"

"काट के क्या करूँगा? भाजी बनाऊँगा इनकी?"

"बेच देना, बम्बई में तो बिकते हैं न। सौ-डेढ़ सौ तो मिल ही जाएगा।"

"अगले हफ़्ते वाशिंग मशीन ले आएँगे। 'विजय इलेक्ट्रॉनिक' वाले आसान क़िस्तों में दे रहे हैं। 'दसहरे सेल' में!"

देवयानी ने मुड़कर देखा निखिल की तरफ़।

"ओके...ओके...! अगले हफ़्ते न सही, अगले महीने ले आएँगे।"

"अगले साल भी नहीं आएगी। पहले दो स्टील की थालियाँ लेकर आओ। इन प्लास्टिक की प्लेटों में भात खाना अच्छा नहीं लगता मुझे।"

"ये तो मामूली चीज़ें हैं। आ जाएँगी। एक ए.सी. लगवा लें? रात को गर्मी भी होती है, और मच्छर भी...!"

देवयानी ने फिर नज़र भर के देखा उसे।

"कोई बात नहीं। फ़िलहाल, अगर आपको आलू-प्याज़ की ज़्यादा ज़रूरत है, तो...ए.सी. नहीं लगवाएँगे। दो सिलिंग फ़ैन ले आते हैं।"

"एक दस बाई दस के कमरे के लिए?"

"क्या है कि हम ज़रा खुले दिल से सोचने के आदी हैं।"

"तो आप दिल से सोचना बन्द कीजिए और दिमाग़ से सोच के, दो हाथ के पंखे ले आइए।"

निखिल ने छत की तरफ़ देखा।

"दो?...सिर्फ़ दो?"

"जी हाँ!...एक से आप मुझे हवा करेंगे, और दूसरे से...मैं ख़ुद को हवा करूँगी।"

देवयानी गीले कपड़े कन्धे पर रखके निकल गई।

"अब जल्दी से नहा लो, नहीं तो पानी जाने वाला है।"

"मैं नहा लेता हूँ, तब तक तुम सामान की लिस्ट बना लो, जो कुछ लाना है बाज़ार से।"

"आए बड़े लिस्ट वाले! कहीं ट्रक में भरवा के न ले आना।"

"कोई बात नहीं...एक लोकल ट्रेन कर लूँगा।"

वो भी बोलती रही और अपनी दो फ़ुटी बालकनी में कपड़े टाँगती रही।

"सरकार ने हमारे घर तक पटरी लगाने की अप्लीकेशन मंज़ूर कर ली क्या?"

साबुन मुँह पर मलते हुए निखिल बोला :

"उफ़्फ़ो!...मेरे हुक्मनामे को अप्लीकेशन मत कहा करो तुम...और तुम ख़्वाहमख़्वाह टाइम वेस्ट कर रही हो। जल्दी से लिस्ट टाइप करवा लो, नहीं तो लोबो गाड़ी लेकर आ जाएगा।"

"लोबो...? कोई नया ड्राइवर रखा है आपने?"

"मैंने नहीं, सरकार ने। गवर्नमेंट ने दिया है लोकल ट्रेन चलाने के लिए।"

दोनों की हँसी छूट गई।

अचानक निखिल ने देखा, सीढ़ी वाले दरवाज़े पर खड़ी चम्पा भाभी सब सुन रही थीं। बोलीं :

"भाई साहब, घबराते क्यों हो? सब आ जाएगा।"

देवयानी ने तौलिया फेंका उसकी तरफ़ और बोली :

"आ ही जाएगा, बहू-दी! तीन महीने हो गए, एक जूतों की जोड़ी तो आई नहीं अभी।"

"एक चीज़ तो आ गई न!"

"क्या?"

"इधर आओ, कान में बताता हूँ।"

देवयानी पास गई।

"दिल आ गया है तुम पर!"

"बेशी—दुष्टमी, करोना...खाना लगा रही हूँ, आ जाओ।"

4

निखिल ने बदन पोंछा और वही तौलिया लपेटकर खाने वाली मेज़ पर आकर बैठ गया।

"ओ माँ! गीले तौलिए में बैठकर खाना खाओगे?"

"तो क्या हुआ?"

"ताप आ गया तो?"

"पैंट का सामने वाला बटन टूट गया है, तब तक लगा दो!"

"नई क्यों नहीं सिलवा लेते? अब ये पैंट कमर में छोटी हो गई है। रोज़-रोज़ बटन लगाने पड़ते हैं।"

"और खिला-खिलाकर मोटा करो!"

"उस दिन कह रहे थे, 'भर पेट खाना नसीब नहीं होता, जब से तुझे भगा-कर लाया हूँ।'"

"बटन लगा दो भई, मैं ऊपर कस्स के बैल्ट बाँध लूँगा।"

देवयानी ने सूई-धागा निकाला और बटन लगाने बैठ गई—और निखिल खाने की मेज़ पर जा बैठा।

"ये हुई न बात!"

"अब क्या हुआ?"

"तुमने अपनी हाज़िरी लगा दी—ये देखो..."

निखिल ने खाने की प्लेट से एक लम्बा-सा बाल खींच कर बताया :

"पूरे साढ़े ढाई मीटर। न एक मीटर ज़्यादा, न एक मीटर कम। भई, इस गृहस्थी में, और किसी चीज़ में तरक़्क़ी हो न हो, तुम्हारे बालों में ज़रूर हो गई है।"

"अब मैं क्या करूँ? तुम एक काम क्यों नहीं करते?"

"क्या...?"

"आज के 'देहरादून' की ख़बर की तरह मेरी नाक काट डालो!"

"ना बाबा—अथारोड की जेल से ये पेइंगगेस्ट की जेल भली!"

देवयानी ने दूसरी प्लेट में चावल लाकर परोस दिये और पहली प्लेट हटा ली।

"अब इसका क्या करोगी?"

"ग़लती मेरी है, इसे मैं ही खाऊँगी!"

"देखो, अब रोना नहीं—रोती हुई औरत का परोसा हुआ खाना मैं खा नहीं सकता। सवेरे किसी पाइश (खीर) की बात सुनी थी?"

देवयानी को अचानक याद आ गया और खीर लाके सामने रख दी। इस हड़बड़ाहट में उसके हाथ से बटन वाली पैंट छूटी और पैंट की जेब से कोई चीज़ बाहर आकर गिरी...एक पुरानी 'पाकिट वाच' थी।

"इसे मैंने काले डोरे के साथ बाँध दिया था तुम्हारे बेल्ट-लूप के साथ!"

"हाँ, बाँधा तो था...!"

"फिर इस डोर को काटा किसने?"

"अब तुम मेरी नाक काट सकती हो!"

देवयानी ने हँसते हुए कहा :

"मुझे नककटे की बीवी कहलाने का शौक़ नहीं है।"

"पता नहीं, डोरा मैंने कब काट दिया!...हाँ, याद आया, दफ़्तर में घड़ी मेज़ पर रखकर, एक ओवर टाइम करने का टाइम देख रहा था।"

"घड़ी खो जाती तो?"

"ऐसी अशुभ बात कभी न करना। ये मेरे नानाजी की आख़िरी निशानी है। काला पानी से उनके स्वर्गवास के बाद, उनके सामान के साथ आ गई थी। अंग्रेज़ हिन्दुस्तान से जाते हुए वापस कर गए थे।"

"उनसे बर्दाश्त नहीं हुई, इसलिए! अच्छा, मैं फिर से डोरा बाँध देती हूँ। अब इसे फिर से तोड़ना नहीं।"

इतने में निखिल तैयार हो गया—और चलते-चलते बोला :

"शाम को तैयार रहना—दादर चौपाटी ले जाऊँगा। दुर्गा विसर्जन के लिए। फिर शिवाजी पार्क के दुर्गा पंडाल में बंगाली नाटक देखेंगे—कल छुट्टी है।"

"तुम आओ, फिर सोचेंगे।"

"इसमें सोचना कैसा! जो कह दिया सो कह दिया। विसर्जन के बाद 'विज्या' को प्रणाम करेंगे!"

"किसे करोगे...? यहाँ कोई बुज़ुर्ग, गुरुजन नहीं!"

"तुम मुझे प्रणाम करना, मैं तुम्हें करूँगा!"

देवयानी ख़ुश होकर मुस्कुरा दी।

"आई लव यू, देवयानी!"

"अच्छा?...मैं तो नाम बचाने की फ़िक्र में थी। पहले कहा होता!"
"तो क्या होता?"
"कोचू...ठेंगा!"

निखिल सीढ़ियों की तरफ़ बढ़ा। नज़र अभी तक देवयानी पर ही थी। और उसी में चम्पा भाभी से टकरा गया।

"देवयानी, तुम एक दिन ज़रूर अपने घर वाले का एक्सीडेंट करवा दोगी।"

देवयानी शरमा के अन्दर चली गई।

5

बंगाली दूल्हा-दुलहन के रिवायती टोप सामने रखे थे—और देवयानी पड़ोस की एक लड़की नोमिता को दिखा रही थी।

"वो मेरी शादी का टोपा है!"

"अच्छा! तुम लोगों ने शादी पर टोपा पहना था?"

"हाँ, क्यों?"

"नहीं, ऐसे ही पूछा। तुमने एक बार कहा था न कि घर वालों की मर्ज़ी के बिना ही शादी हुई थी तुम्हारी!"

"लेकिन हमारी शादी बंगाली ढंग से हुई थी। तुम्हारे दादा के दोस्त, परेश बाबू और लतिका बोदी ने हमारी शादी करा दी।"

6

एक अच्छे घर की घंटी बजी, और एक साहब उम्दा कलफ़ लगे धोती-कुर्ते में, सिगार का धुआँ उड़ाते आगे बढ़ते दरवाज़ा खोला। निखिल को देखते ही बोले :

"ऐशू...ऐशू..."

निखिल ने बढ़ के पाँव छुए और उनके इशारे पर, सामने लगे सोफ़े पर बैठ गया। मजूमदार साहब ने बेटी को आवाज़ दी :

"खोकी...!"

देवयानी सामने आई तो निखिल को देखकर हैरान रह गई। दोनों बस 'हैलो' कह के चुप रह गए। मजूमदार बोले :

"विजयादशमी का दिन है बेटी। मिश्टी लाओ और चाय दो या कॉफ़ी, what will you prefer?"

"चाय सर!"

ज़रा देर को निखिल और मजूमदार साहब में एक उखड़ी-सी ख़ामोशी ठहर गई। देवयानी के पिताजी ने एक उखड़ी-सी कोशिश की।

"क्या ख़याल है, इस बार मोहनबागान जीतेगी या ईस्ट बंगाल? तुम किसकी तरफ़ हो?"

एक लजाती-सी मुस्कुराहट के साथ निखिल बोला :

"मैं जानता हूँ सर, आप ईस्ट बंगाल के सपोर्टर हैं, लेकिन मैं...मोहन बागान का!"

मजूमदार बेवजह हँसे और बोले :

"मतलब, एक से ज़्यादा बातों में हमारे ख़यालात अलग-अलग हैं!"

निखिल ने चेहरा उठाकर पूछा :

"जी...?"

देवयानी के पिताजी ने कुर्सी में करवट बदली और बोले :

"देखो निखिल, तुम जानते हो, मैंने तुम्हें क्यों बुलाया है। आज विजया दशमी का दिन है। इस दिन तो मित्र हो, शत्रु हो, सभी गले मिल जाते हैं...और... तुमसे मेरी कोई दुश्मनी नहीं, लेकिन देवयानी से तुम्हारा मिलना मुझे पसन्द नहीं।"

देवयानी उसी वक़्त दो कप चाय और मिठाई की प्लेट लेकर दाख़िल हुई—और चली गई। मजूमदार साहब ने चाय पेश की :

"चाय तो लो!"

कुछ सेकंड के लिए फिर ख़ामोशी छा गई। निखिल ने चाय में चीनी घोली तो कप में कोई वज़नी चीज़ महसूस की।

देवयानी साँस रोके दरवाज़े के पीछे से झाँक रही थी। उसके माथे पर पसीने के क़तरे उभर आए—मजूमदार कह रहे थे :

"तुम्हारे माँ-बाप भी इस शादी के हक़ में नहीं हैं, ये मैं जान चुका हूँ।"

निखिल ने चम्मच उठाया तो उसमें एक अँगूठी नज़र आई। जल्दी से उसने चम्मच चाय में डुबो दिया। मजूमदार चौंके :

"क्या हुआ?"

"जी...कुछ नहीं...!"

देवयानी का तो दम ही निकल गया। निखिल ने नज़र उठाई तो वो दरवाज़े के पीछे नज़र आई। देवयानी ने निखिल की दी हुई अँगूठी अपनी हाथ में दिखाई। निखिल के चेहरे पर रौनक़ आ गई। मजूमदार कह रहे थे :

"अच्छा यही होगा बेटा, तुम अपने माँ-बाप की बात मान लो—और देवयानी अपने माँ-बाप की।"

निखिल जल्दी-जल्दी चाय के घूँट भरने लगा।

"मुझे और कोई ऑब्जेक्शन नहीं तुम्हारे साथ शादी कर देने में, लेकिन ये कि उसकी शादी मैं एक ordinance officer दुलालसेन के साथ तय कर चुका हूँ।"

अचानक निखिल ने चाय का आख़िरी घूँट उँडेला, मजूमदार फिर चौंके :

"अब क्या हुआ?"

देवयानी घबरा गई। कहीं अँगूठी निगल तो नहीं गया?

निखिल जल्दी से खड़ा हो गया। एक नज़र देवयानी को देखा और जल्दी से उसके पिता के पाँव छूकर निकल गया।

तक़रीबन भागता हुआ निखिल सीढ़ियों से नीचे उतरा—और मुँह से अँगूठी बाहर निकाली। पोंछा, चूमा और हाथ में पहन ली। देवयानी ने मँगनी की अँगूठी भेजी थी।

7

देवयानी अपनी साड़ी और ब्लाउज़ इस्तरी कर चुकी थी और अब निखल का कुर्ता इस्तरी कर रही थी। नोमिता अलग बैठी उनकी शादी की तसवीरें देख रही थी और हँस रही थी और सुन भी रही थी।

"ओ माँ, अब हँसते हँसते पेट दुखने लगा है!"

"और इस तरह हमारे जीवन की शुरुआत हुई।"

"और तुम्हारे माता-पिता, सास-ससुर ने क्या कहा?"

"हम बम्बई के लिए रवाना हो गए, और रवाना होने से पहले निखिल ने दोनों को हमारी शादी का तार दे दिया।"

देवयानी ने कुर्ता इस्तरी कर लिया।

"लो, ये कुर्ता भी तैयार हो गया!"

"शाम को कितने बजे जाओगी बोऊदी?"

"वो जब लौट आएँगे तभी। कोई भरोसा है इनका? दफ़्तर में सभी निखिल बाबू, निखिल दादा कह कर इनसे अपना काम करवा लेते हैं, और ये अपनी शराफ़त में मना भी नहीं कर सकते। नहीं तो कोई दशहरे के दिन जाता है काम पर?"

8

एक दुकान पर, निखिल घड़ी-साज़ को अपनी नानावाली घड़ी दिखा रहा था। दुकान्दार ने पूछा :

"कहिए...चेन लगा दूँ—ये देखिए, ये..."

"अरे नहीं—देढ़ सौ की चेन के दिन गए। मैं तो घड़ी बेचने आया हूँ।"

"एक सौ चालीस लगा देता हूँ—ले जाइए।"

"नहीं साहब, आप घड़ी के ढाई सौ दे दीजिए!"

"लेकिन, आज इसका ख़रीदार नहीं है मेरे पास। उस दिन ख़रीदार था, तो मैं दो सौ रुपये देने को तैयार था। तब तुमने मना कर दिया।"

दुकानदार ने घड़ी वापस थमा दी।

"अरे साहब, यादगार चीज़ रहने दीजिए—पता नहीं, कब गाहक मिलता है!"

"मुझे आज ज़रूरत है। दस-बीस कम दे दीजिए, लेकिन रख लीजिए!"

निखिल ने फिर घड़ी वापस कर दी। दुकानदार ने गल्ले से दो सौ बीस रुपये निकाले, और निखिल के हाथ पर रख दिये। निखिल ने घड़ी बेच दी।

9

निखिल ने घर के लिए कुछ चीज़ें ख़रीदीं, उनमें एक नई सिल्क की साड़ी भी थी, और उसी दुकान पर कुछ लटकी हुई बालों की प्रांदिया देखने लगा। दुकानदार ने कहा :

"ये बीस का है...और ये पन्द्रह का..."
"और ये...?"
"तीस रुपये का!"

निखिल की नज़र एक और परांदी पर पड़ी जो शोकेस में लगी हुई थी। वह ख़ूबसूरत भी लगी और क़ीमती भी।
"और वो...?"
"वो बहुत महँगा है साहब! आजकल की लड़कियाँ नहीं पहनतीं।"
"तो कौन पहनता है?"
"कोई मुग़ल्या बालों वाली पहनती होगी!"
"अच्छा!...बाल भी मुग़ल्या होते हैं? है कितने का?"
"डेढ़ सौ का है!"
"एक परांदा...या...बाल भी साथ में..."

दुकानदार हँस दिया—और शो-केस में लगी एक विग की तरफ़ इशारा किया।
"वो भी ले जाइए। डेढ़ सौ की है!"
"अच्छा! किसी मुग़ल्या लड़की के बाल हैं?"
"बाल देखकर तो लगता है।"
"ऐसी क्या बात है परांदे में जो..."
"चाँदी के तार हैं साहब! और ज़री का फुँदना है। सौ रुपये की चाँदी ही लगी होगी...और कारीगरी अलग।"

दुकानदार ने परांदी निकाल के दिखाई...निखिल ने देखा ग़ौर से और कहा :
"बाँध दीजिए!"

10

निखिल एक बस स्टैंड पर उतरा ही था कि किसी ने पीछे से आवाज़ दी :
"निखिल दा!"
"अरे नोमिता!"
"जल्दी-जल्दी घर जाइए, बोऊदी कब से आपकी राह देख रही है।"

निखिल ने वक़्त देखने के लिए जेब में हाथ डाला लेकिन...घड़ी तो बिक चुकी थी। नोमिता बोली :

"आप बोऊदी को विसर्जन के लिए ले जा रहे हैं न?"

सर हिलाते, हँस के आगे बढ़ गया।

11

निखिल के घर में दाख़िल होते ही देवयानी ने सर पे पल्लू लिया और आगे बढ़ के निखिल के पाँव छुए...और थैली देखके बोली :

"ये थैली में क्या ले आए, इतना कुछ?"

देवयानी वहाँ पीछे हट गई—और ज़रा हट के पूछा :

"पैसे कहाँ से मिले?"

"तुम इधर आओ! देखो, क्या दुकानदारी करके आया हूँ।"

देवयानी हाथों में कुछ छुपाते हुए बोली :

"और मैं जो करके आई हूँ, आप सोच भी नहीं सकते।"

देवयानी ने सामने आकर हाथ फैलाया :

"घड़ी दो!"

"क्या...?"

निखिल हैरान हुआ।

"घड़ी। घड़ी निकालो, जल्दी करो!"

निखिल बौखलाया :

"लेकिन...क्यों? घड़ी तो...घड़ी क्या करनी है?"

देवयानी मुस्कुराई।

"वक़्त देखना है।"

निखिल ने गरदन एक तरफ़ झुका दी।

"वक़्त तो अच्छा नहीं है। घड़ी तो मैंने..."

“Do not tell me...खो दी तुमने। मैं इतना ख़ूबसूरत चेन लेकर आई हूँ उसी के लिए।”

देवयानी ने दूसरी मुट्ठी खोल दी। निखिल की साँस रुक गई।
“ओह...नो...ये तो डेढ़ सौ रुपये की है!”
“सवा सौ में लाई हूँ। घड़ी दो न!”

निखिल के चेहरे की तरफ़ देखकर उसे महसूस हुआ, कहीं कुछ गड़बड़ है।
“क्या हुआ?...सचमुच खो गई?”
“नहीं।...मैंने बेच दी।”

अब देवयानी की साँस अटकी।
“ओ माँ! क्यों...क्यों बेच दी नानाजी की घड़ी?”
“इसलिए कि मैं...तुम्हारे लिए ये लाना चाहता था!”

उसने परांदा दिखाया देवयानी को—देवयानी के आँसू उबल पड़े।
“निखिल, ये क्या हो गया? मैंने तो...”

उसने अपनी गरदन पे हाथ फेरा तो सर का पल्लू गिर पड़ा। देवयानी ने बाल कटवा दिये थे। निखिल ने जल्दी से उसे घुमा के पीठ देखी।
“ये क्या किया...? क्यों काट दिये?”
“बेच दिये। तुम्हारी चेन ख़रीदने के लिए!”

एक बार फिर उसकी आँखें फूट पड़ीं । निखिल ने फ़ौरन गले लगा लिया। उसकी आँखें भी भरी हुई थीं।

[फ़ेड आउट]

शादी करा लो!

1

पूरन अख़बार देख रहा था। इश्तेहार देख रहा था। श्याम एक ख़त लिख रहा था। ख़त ख़त्म किया और पढ़ते-पढ़ते बुलन्द आवाज़ में पूरन के पास पहुँचा।

"पूज्य अंकल जी, मैं ख़ैरियत से हूँ और आपकी ख़ैरियत भगवान से नेक चाहता हूँ।

"मेरा काम-काज धीरे-धीरे बढ़ रहा है और उसके साथ-साथ पूँजी भी। आपने माली मदद के अलावा, रहने के लिए ये फ़्लैट देकर बहुत एहसान किया मुझ पर, वर्ना बम्बई जैसी जगह में कहाँ रहता मैं? मुझे उमीद है, जल्द ही मैं इतना रुपिया कमा लूँगा कि अपनी कोई जगह ले सकूँ!"

पूरन ने पूछा :

"कहाँ से कमा लेगा?"

उसकी तरफ़ ग़ौर से देखते हुए कहा :

"कहाँ से मतलब? बम्बई से—और कहाँ से?"

"लेकिन कैसे...किस तरह?"

श्याम उसके पास बैठ गया।

"क्या है कि...वो अभी क्लियर नहीं है माइंड में...कोई तरकीब तो सोचनी होगी न...वर्ना अंकल का पाँच लाख कहाँ से वापस करूँगा, जो दोस्ती लॉन में लिया था?"

"पाँच लाख है कहाँ तेरे पास?"

"वही तो मुश्किल है कि किसी तरह अगर कुतर-कुतर के वो भी खाता रहा तो एक दिन सारा ख़त्म हो जाएगा।"

"पाँच लाख बड़ी रक़म होती है यार!"

पूरन अख़बार उसे थमाकर उठ गया।

"बड़ी तो होती है, लेकिन इतनी बड़ी भी नहीं आज के ज़माने में, न कमाने में देर लगती है...न ख़र्च करने में (चुटकी बजाते हुए) बस, एक स्कीम लग जाए तो हो गया।"

पूरन नहाने जा रहा था। तौलिया घसीटते हुए ग़ुसलख़ाने की तरफ़ बढ़ गया। श्याम ने पूछा :

"कहाँ जा रहे हो?"

"नहाने।"

"नहाने? नहा के कहाँ जा रहे हो? आज इतवार है।"

मुस्कुराते हुए पूरन ने कहा :

"बेकार आदमी के लिए हफ़्ते में सात इतवार होते हैं। काम वाले के लिए एक भी नहीं।"

ये कह के वो बाथरूम में घुस गया। अब श्याम अख़बार देखने लगा। अचानक अख़बार में कुछ देखा और उछल पड़ा...फ़ौरन बाथरूम के दरवाज़े पर दस्तक दी :

"पूरन...पूरन...अबे सुन!"

पूरन तौलिया बाँधकर थोड़ा-सा दरवाज़ा खोला।

"क्या हुआ?"

"आइडिया आया है, दो-तीन महीनों में चार-पाँच लाख बन जाएँगे!"

"वो कैसे?"

"देख, मैरिज एजेंसी शुरू करते हैं, और ऐड देते हैं पेपर में। शहर में क्या, मुल्क में लाखों अन-मैरिड लोग घूम रहे हैं।"

पूरन ने दरवाज़ा बन्द करना चाहा लेकिन श्याम ने रोक दिया :

"अबे, सुन तो सही!"

"इतने-से आइडिया के लिए, आक्साइडिट होने की ज़रूरत नहीं है। ज़रा नहा ले, सर पे पानी पड़ेगा तो अपने-आप ठंडा हो जाएगा।"

लेकिन श्याम ठंडा नहीं हुआ।

"अरे यार, तू बात तो पूरी सुनता नहीं। ये देख, ये ऐड देख, एक विधवा आदमी शादी करना चाहता है।"

"आदमी विधवा नहीं होता, विधवा औरत होती है।"

"वही यार, जो भी है, विडो समझ ले न। उसके पास मकान है, लाखों का बैलेंस है। अब सोच, कितनी औरतें इस लालच में ख़त लिखेंगी, और सुन, ये एजेंसी जो मैचमेकर भी है, उन्होंने हर अप्लिकेशन के साथ पाँच सौ रुपये भेजने की शर्त रखी है, ताकि सिर्फ़ जेन्युइन और बोनाफ़ाइड लोग ही अर्ज़ी भेजें।"

पूरन ने मुस्कुराते हुए पूछा :

"तुझे क्या हो गया है, क्या सैक्स चैंज कराएगा? शादी करनी है उससे?"

"यही तो नहीं समझता न तू—अगर हमारी एजेंसी हो और विडो एक औरत हो..."

"औरत विडो नहीं होती, विधवा होती है!"

"हाँ...हाँ, वही, ये ऐड विधवा औरत की हो, उसके पास अपना मकान भी हो और बैंक बैलेंस भी, तो सोच, कितने लोग शादी के लिए तैयार होंगे? इससे भी डबल...हम तो फ़ीस भी बढ़ा सकते हैं। चाहें तो हज़ार कर लें...वैसे पाँच सौ पे ग्राहक ज़्यादा आएँगे।"

पूरन ने ज़रा ग़ौर से देखा श्याम को और दरवाज़ा बन्द कर लिया। श्याम टेबल पर वापस आकर क़ैंची से, या ब्लेड से इश्तेहार काटने लगा।

2

आमने-सामने बैठकर श्याम और पूरन ने बात पर फिर से ग़ौर किया। पूरन ने पूछा :

"मैरिज एजेंसी कोई भी खोल सकता है क्या?"

"नहीं, नाम रजिस्टर करना पड़ता है, और हम तो बिछड़ी हुई आत्माओं को मिला रहे हैं, और सब कुछ क़ानूनी है...लीगल है...इसमें बेईमानी की कौन-सी बात है?"

पूरन ने बात को परखा और पूछा :

"और विधवा कहाँ से लाएँगे?"

"उसकी ज़रूरत कहाँ है? हमें कोई शादी थोड़े ही करानी है किसी की!"

"ये...ये देखो, ये ग़ैर-क़ानूनी हुआ कि नहीं? बिलकुल इल्लिगल है!"

"इल्लिगल क्या हुआ? नॉर्मल कह सकते हो। क़ानून तो कोई नहीं तोड़ा हमने।"

"अगर कोई ग्राहक...मेरा मतलब कोई उमीदवार लड़की देखना चाहे तो? उससे मिलना चाहे तो? क्या करोगे? ऐसे ही फ़ोटो देखके शादी कर लेगा?"

अचानक उसे कुछ ख़याल आया :

"और तुम्हारे पास तो फ़ोटो भी नहीं है!"

श्याम सोच में पड़ गया।

"एक काम करते हैं, थियेटर की किसी अच्छी-सी गुड लुकिंग-सी एक्ट्रेस को इंगेज कर लेते हैं।"

"लेकिन वो विधवा न हुई तो?"

श्याम चिढ़ गया।

"यार, विधवा के चेहरे पर थोड़ा ही लिखा होता है कि वो विधवा है!"

"नहीं-नहीं...जो भी करो, जेन्युइन होना चाहिए। पब्लिक को ठगने के हक़ में मैं नहीं हूँ। पब्लिक को धोखा नहीं देना चाहिए।"

"ठीक है, तो कोई विधवा ढूँढ़ते हैं, जेन्युइन भी और गुड-लुकिंग भी। लेकिन एक बात बताऊँ, गुड-लुकिंग होगी तो इस काम के लिए मानेगी भी नहीं।"

पूरन ने सोचते हुए कहा :

"वो तो है, और अगर गुड-लुकिंग देखकर सचमुच कोई शादी करने आ ही गया तो क्या होगा?"

"होना क्या है?...उन्हें करनी हो तो कर लें, हमें क्या? हमें तो अपने पैसे मिल गए न, शादी तो आख़िर एक ही से होगी न। सबसे थोड़ी ही होगी। हज़ार रुपये में कोई गारंटी थोड़े ही है शादी की..."

3

रात के वक़्त श्याम, पूरन के बिस्तर के पास आकर खड़ा हो गया। पूरन किताब पढ़ रहा था। पूरन ने सर उठा के पूछा :

"क्या...? फिर कोई आइडिया आया...?"

"हूँ...एक लड़की है यार, और विधवा भी है, गुड-लुकिंग भी! अगर अरविन्द ने टँगड़ी न मारी होती तो शायद मैं ही उससे शादी कर लेता।"

"अरविन्द कौन?"

"मेरा एक दोस्त था, थियेटर में काम करता था। बहुत हैंडसम था यार। ज़िन्दा रहता तो फ़िल्मों में हीरो भी बन सकता था।"

"क्या हुआ उसे?"

"एक एक्सीडेंट में मर गया। बहुत डेस्पेरेट ड्राइवर था और बेचारी शारदा विधवा हो गई। एक साल होने को आया, बेचारी ज़रूरत-मन्द भी है।"

"तो...?"

"शायद मान जाए। इस काम के लिए, आफ़्टर ऑल उसे करना भी क्या है? उसे कुछ पैसे दे देंगे। इनकम भी हो जाएगी उसकी।"

पूरन ने किताब बन्द करते हुए कहा :

"बात करके देखो। आइडिया तो बुरा नहीं है।"

"कल चलते हैं। मिल के आएँगे।"

"कल एक इंटरव्यू के लिए जाना चाहता हूँ।"

"देख, इंटरव्यू वग़ैरा भूल जा। मेरी इस स्कीम में तुम पार्टनर हो जाओ। मुझे जो भी मिलेगा, आधा-आधा करेंगे। ओके!"

"हूँ..."

4

पूरन और श्याम टैक्सी में निकल गए। पूरन ने पूछा :

"पहले तो कहते हो, अरविन्द टँगड़ी मार गया। अब क्या है...? अब क्यों नहीं शादी कर लेते उस लड़की से...?"

"तब की बात और थी यार—और अब की बात और है।"

"और क्या है?"

"देख, प्यार और व्यापार को मिक्स नहीं करना चाहिए। इस वक़्त उसे मिलने जा रहे हैं...अरे...ड्राइवर, बस, यहीं रोक दो। यही बिल्डिंग है।"

4 (A)

टैक्सी सोसाइटी के दरवाज़े पर रुक गई। श्याम ने पूरन से कहा :

"यही है—राइट...तुम यहीं ठहरो टैक्सी में, मैं बात करके आता हूँ।"

"मैं भी चलता हूँ।"

"नहीं—मामला ऐसा है कि हो सकता है, किसी ग़ैर के सामने वो इस तरह की डील करते हुए राज़ी न हो। बात बड़े पर्सनल लेवल पर टैकल करनी होगी।"

"हूँ...ठीक है!"

श्याम चला गया और पूरन टैक्सी से निकलकर इधर-उधर का जायज़ा लेने लगा।

5

शारदा अपने फ़्लैट में बैठी, श्याम से बात कर रही थी :

"लेकिन बैंक बैलेंस तो है नहीं मेरे पास, वो तो आप ही को जमा करना पड़ेगा मेरे नाम पर!"

"कोई बात नहीं। दो लाख मैं जमा करा दूँगा तुम्हारे अकाउंट में, बाद में वापस कर देना।"

"ठीक है।"

"तो मैं चलूँ?"

श्याम को छोड़ने वो दरवाज़े तक गई। बड़ा ख़ूबसूरत फ़्लैट था उसका। चलत-चलते श्याम ने कहा :

"और वैसे कोई भी काम पड़ जाए, कोई ज़रूरत हो तो मुझे कह देना, कभी भी। हूँ?"

"लेकिन इस काम में कोई झमेला तो नहीं होगा न?"

"अरे बिलकुल ही नहीं। अव्वल तो हम वहीं निपटाने की कोशिश करेंगे, दफ़्तर में और अगर कोई दो-चार लोग आए भी तो मिल लेना। एक कप चाय पिला देना, और हाँ, फ़ैसले के लिए कह देना, हमारी एजेंसी के थ्रो ख़बर हो जाएगी। तुम्हारा एडवांस आज ही भिजवा दूँगा, बाय चैक। ओके! ऑल दी बेस्ट!"

6

श्याम लौट आया—और पूरन से कहा :

"पूरन, चल...!"

पूरन पास आ गया।

"क्या हुआ? लगता है, काम हो गया। बड़े ख़ुश लग रहे हो!"

"अन्दर बैठ तो बताता हूँ।"

दोनों टैक्सी में बैठ गए—टैक्सी चल दी।

"थोड़ी-सी हैरान तो हुई सुनकर, ये किस क़िस्म का काम है? लेकिन मैंने समझाया, अरविन्द भी तो एक्टर था, और एक्टिंग हमेशा स्टेज पर ही नहीं होती, कभी-कभी ज़िन्दगी में भी करनी पड़ती है।"

"फिर...?"

"मान तो गई है, लेकिन बैंक बैलेंस उसके पास नहीं है।"

"तो फिर...?"

"मैंने कहा, मैं दो लाख जमा करा दूँगा। बाद में वापस कर देना।"

"फिर...?"

"मान गई। एक और बात, मकान उसके पास अपना है। ऑनरशिप पर लिया हुआ। ऐड में वो भी लिख सकते हैं। विधवा है, अपना मकान है और दो लाख बैंक बैलेंस भी है, बड़ा फ़र्क़ पड़ता है...!"

पूरन भी मुस्कुरा दिया।

7

अख़बार में इश्तेहार निकला तो श्याम बहुत ख़ुश था।

"अरे पूरन, देखो! अपना ऐड आ गया।"

"देखा—बिल भी आ जाएगा।"

"और जो ड्राफ़्ट आएँगे हज़ार-हज़ार के!"

“वो तो बाद में आएँगे। बच्चू, पहले उमीदवारों के ख़त तो आने दो।”

“वो भी आ जाएँगे। देर है, सवेर नहीं!”

पूरन ने हँसते हुए कहा :

“मुहावरा है : ‘देर है, अन्धेर नहीं!’”

“हाँ, वही। दस हज़ार ख़त आ जाएँ तो कितना हुआ? दस लाख। अरे मैं तो कहता हूँ, पाँच हज़ार भी आ जाएँ तो बहुत है। पाँच लाख तो आए!”

पूरन तौलिया खींचकर ग़ुसलख़ाने की तरफ़ चल दिया।

“अस्सी करोड़ की आबादी है, पाँच हज़ार क्या हो सकता है! एक भी आ जाए। मुल्क में कोई कमी थोड़े है कुँवारों की।”

8

श्याम जब ख़त उठाकर लाया तो पूरन काफ़ी हैरान हुआ।

“अरे, इतने ख़त पहले ही दिन?”

“और क्या...? पूरे छप्पन हैं। सोच, एक महीने में कितने होंगे? और अभी तो बढ़ेंगे हर रोज़।”

“सच कहूँ यार, मुझे उमीद नहीं थी। चलो, इनके जवाब लिखने बैठ जाओ। और सबसे सर्विस चार्ज माँगो।”

“ज़ेरॉक्स करा लेते हैं—या छपवा लेते हैं, कहो तो?”

“पागल हो गए हो? हर किसी को ख़त में पर्सनल अप्रोच लगानी होगी। यूँही कोई थोड़े ही हज़ार रुपये दे देगा। फ़िफ़्टी पर्सेंट वैसे ही टूट जाने वाले हैं!”

दोनों ख़त खोलकर तह करने लगे। पूरन ने बताया :

“ड्राफ़्ट के साथ फ़ोटो भिजवाना ज़रूरी है, ये भी लिखना होगा।”

“कुछ लोगों ने तो अभी से फ़ोटो भेज दिया है।”

“अब तो हमें ऑफ़िस की ज़रूरत पड़ेगी।”

“रिलैक्स यार, रिलैक्स! ड्राइंग टेबल हटाकर, अंकल के ऑफ़िस के टेबल-कुर्सी वहाँ लगा देंगे। हो गया ऑफ़िस!”

9

रात देर तक दोनों ख़तों के जवाब देते रहे। श्याम लिफ़ाफ़ों पर पते लिखता रहा।

10

बहुत ख़त आए। साथ में चैक और डिमांड ड्राफ़्ट भी। श्याम गिन रहा था।

"एक...दो...तीन...चार...पाँच...छ...सात, सात और बाइस, ट्वेंटी नाइन इज़ जस्ट टू डेज़...हा...हा...हा!"

"मान गए यार! तू मुझे कहता था, अक़्ल की स्टॉक तूने मारी है। जीनियस निकला तू।"

एक शख़्स की आवाज़ आई :

"मे आई कम इन?"

श्याम ने जवाब दिया :

"यस!"

एक आदमी हाथ में लिफ़ाफ़ा लेकर अन्दर आ गया। मेज़ तक। श्याम ने पूछा :

"फ़रमाइए..."

"जी...आपका ख़त मिला था, मैं...ये ड्राफ़्ट लाया हूँ। एक हज़ार का। और फ़ोटो भेजने के बजाय ख़ुद ही चला आया, ताकि महिला मुझे ही देख लें। फ़ोटो से क्या अन्दाज़ा होगा!"

"आपका शुभ नाम?"

"गौरधन मनसुखलाल!"

"गौरधन मनसुखलालजी, मामला यूँ है कि विधवाजी, मतलब...महिलाजी को दफ़्तर में लाकर तो बिठाया नहीं जा सकता। कोई बेचने का आइटम तो है नहीं और फिर ये तो एजेंसी का ऑफ़िस है। हम तो सिर्फ़ सेवादार हैं। उमीदवारों के

ये सारे फ़ोटोज़ देख रहे हैं आप? इन सबसे तो वो मिल भी नहीं सकतीं। फ़ोटोज़ देखकर ख़ुद ही सिलेक्ट करेंगी, और जिससे मिलना चाहेंगी, वो बता देंगी, और हम मिला देंगे।"

"जी, यानी अगर न बुलाया, यानी हमें फ़ोटो से नापसन्द किया तो...ये एक हज़ार रुपये आप हमें..."

"जी नहीं, ये वापस नहीं होंगे। ये तो एजेंसी की सर्विस के हैं।"

उमीदवार सोच में पड़ गया। उठ के जाने लगा—फिर दो क़दम चल के वापस आया और लिफ़ाफ़ा मेज़ पर रखते हुए बोला :

"ये रख लीजिए...फ़ोटो मैं भेज दूँगा।"

"जी...!"

"लेकिन, आप ज़रा महिलाजी से कह दीजिएगा। देखने में अच्छा हूँ, पर फ़ोटो-जेनिक नहीं हूँ।"

उमीदवार चला गया। और जाते-जाते भी कंघी निकाल के बाल सँवारता रहा।

11

पूरन ख़त लिख रहा था और श्याम तसवीरें छान रहा था, तब एक साहब दाख़िल हुए। श्याम ने पूछा :

"फ़रमाइए...हमारा ख़त मिला आपको...?"

पूरन ने पूछा :

"तो आपका फ़ोटो और चेक। ओहो, फ़रमाइए, चाय या ठंडा—कुछ लेंगे?"

उस शख़्स ने जवाब दिया :

"जी नहीं—मैं सिर्फ़ ये इंस्पेक्ट करने आया था कि इस एजेंसी का ऑफ़िस है या नहीं?"

श्याम ने कहा :

"आप मिलना चाहेंगे लड़की से, मेरा मतलब है, विधवा महिला से? ये फ़ोटो है उनका..."

महिला का फ़ोटो उसके आगे किया और कहा :
"आप कहें तो एड्रेस भी दे दूँ?"

वो कोई इंस्पेक्टर था। चेकिंग के लिए आया था। फ़ोटो देखकर वापस कर दिया और चला गया।
"ठीक है, रहने दीजिए!"

पूरन ने पूछा :
"ख़ुद क्या...शादीशुदा हैं? आपको फ़ीस में रियायत कर देंगे।"
"जी, अनफॉर्च्युनेटली यस...और वो अभी तक ज़िन्दा हैं।"

और फिर चला गया।

12

एक साहब शारदा के सामने बैठे चाय पी रहे थे—और बार-बार अपना लिबास ठीक कर रहे थे।

12 (A)

श्याम बैंक स्लिप भरने और ड्राफ़्ट जमा करने में मसरूफ़ था।

12 (B)

एक और शख़्स, एक और वक़्त शारदा से मिलने आया।

12 (C)

पूरन और श्याम गुफ़्तगू में मसरूफ़ थे। श्याम ने कहा :

"अब तो ख़त आने कम हो गए हैं। क्या किया जाए?"

"मेरा ख़याल है, अब बन्द कर दो। काफ़ी कमा लिया तुमने दो महीनों में!"

"छ लाख से कुछ ऊपर ही है और शारदा भी बोर हो गई है यार। उस रोज़ कह रही थी कि अब नहीं होता उससे।"

"अब कोई ख़त आए तो लिख देंगे कि महिलाजी ने चुनाव कर लिया है। इसलिए आपके पैसे वापस कर रहे हैं!"

"पैसे भी वापस करने होंगे?"

"वो तो करना चाहिए। पब्लिक के साथ धोखा नहीं करना!"

"राइट...तो फिर कल जाकर शारदा से भी कह देता हूँ कि ये चैप्टर क्लोज़ है। थोड़ा-सा उसका बैलेंस, वो भी दे आता हूँ।"

"गुड...!"

"सोचता हूँ, अभी जाऊँ?"

"ओके—सी यू बाय!"

13

शारदा श्याम के सामने बैठी रोती रही, और आँसू पोंछती रही। श्याम मजबूर था। उसे दिलासा देकर चल दिया।

14

पूरन किताब पढ़ रहा था, जब श्याम दाख़िल हुआ। पूरन ने पूछा :

"क्या हुआ? बड़े उतरे हुए लग रहे हो?

श्याम चुप ही रहा। पूरन ने फिर पूछा :

"कोई बुरी ख़बर है क्या?"

"नहीं, ख़बर तो अच्छी है, लेकिन...मुझे बुरी तरह लगी।"

"वो क्या...?"

"शारदा को एक उमीदवार से सचमुच मुहब्बत हो गई है। वो पिछले एक महीने से उसे मिल रहा है।"

"हूँ, तो...? जो काम फ्रॉड से शुरू हुआ था, वो सच्चा हो गया। जेन्युइन हो गया और नोबल भी...और क्या चाहिए?"

"वो तो ठीक हुआ। लेकिन एक और प्रॉब्लम भी आ गया है उसमें।"

"वो क्या...?"

"शारदा के बैंक बैलेंस को भी जेन्युइन करना होगा। क्या है कि वो उसे बता चुकी है!"

"तो क्या सोचा तुमने?"

"मेरा ख़याल है, वो दो लाख सचमुच दे ही दें उसे। एक तो दोस्त की वाइफ़ थी, दूसरे ये कि...कभी मैं भी उमीदवार था उसका...और तीसरे..."

"तीसरे क्या..?"

"पूरे केस में जो थोड़ा-सा झूठ बच गया था, वो भी सच हो जाएगा। दिमाग़ में गिल्ट नहीं रहेगा, क्यों...? तुम्हारा क्या ख़याल है, ऑफ़िशियल तुम भी तो पार्टनर हो!"

"मेरी तरफ़ से...ठीक है, दे दो, मुझे कोई एतराज़ नहीं है।"

"ख़र्चा-वर्चा निकाल के छह लाख के क़रीब बचता है। दो समझो, उसको दे दिये। दो तुम ले लो। दो मैं लूँगा। इज़ इट ओके विथ यू...? तुम इजाज़त दो तो 'हाँ' कह दूँ?"

"कह दो...!"

"तुम सचमुच दोस्त हो यार...!"

15

श्याम के सामने एक शादी का कार्ड आकर टपका—लिखा था :

'पूरन और शारदा की शादी पर...दावतनामा!'

श्याम चौंक गया। पूरन सामने खड़ा था।

"तुम...तुम शादी कर रहे हो शारदा से...?"

"इसमें तो कोई बात क़ानून या उसूल के ख़िलाफ़ नहीं है। और तुम तो जानते हो, मैं शुरू से ही राजा राममोहन राय के ज़माने से विधवा-विवाह में बिलीव करता हूँ!"

"इस विधवा-विवाह में तो मैं भी बिलीव करता हूँ!"

"फिर तो तुम्हें ख़ुश होना चाहिए। हो गई न शादी!"

"कोई बात नहीं...ऑल दी बेस्ट, बोथ ऑफ़ यू!"

[फ़ेड आउट]

थैला

1

रघुनाथ जैसे ही 'नासिक' की बस से उतरा बम्बई में, शहर का पहला धक्का लगा। सूटेड-बूटेड एक आदमी टकराया उससे, और रघु का थैला ज़मीन पर आ पड़ा। आदमी ने फ़ौरन कहा :

"सॉरी—सॉरी भाई, माफ़ कर देना!"

उस अजनबी ने माफ़ी माँगी और थैला उठाकर वापस कर दिया और चला गया। रघुनाथ इधर-उधर शहर की भीड़ देखी और बहुत सँभलकर रोड पार की और भीड़ में गुम हो गया।

2

रघु ने एक रेस्टोरेंट में बैठकर चाय मँगवाई। एक सिप ही ली थी कि एक साहब ने पास आकर पूछा :

"सर...आपके पास पेन है, सर?"

रघुनाथ ने मुड़के देखा। ये वही शख़्स था जिसके साथ बस अड्डे पर टक्कर लगी थी।

"अरे, आप? पहचाना? अभी बस के अड्डे पर आपसे टक्कर लगी थी, जलगाँव की बस से उतरे थे न आप?"

"नासिक की।"

"हाँ—वही नासिक! मेरी जलगाँव की बस थी, मिस हो गई। अभी कल सुबह मिलेगी। पेन दें ज़रा!"

रघुनाथ ने कुरते की जेब में लगा पेन उतारा और पेश कर दिया। फिर अपने ब्रीफ़केस से एक लिफ़ाफ़ा निकाला और उस पर एड्रेस लिखने लगा। नाम लिख कर फिर इधर-उधर देखकर सौ के नोटों का एक बंडल निकाला, बंडल से पाँच नोट निकाले। बंडल वापस ब्रीफ़केस में डाला। फिर पाँच नोट सौ-सौ के लिफ़ाफ़े में डालकर रघुनाथ की तरफ़ देखा, जो अभी तक चाय सिप कर रहा था। मुस्कुरा के पूछा :

"लेटर में पाँच सौ रुपये भेजने में कोई ख़तरा तो नहीं है न?"

"कहाँ भेजना है?"

"अपने बेटे को—मद्रास!"

"तो मनीऑर्डर क्यों नहीं कर लेते?"

"उसमें ख़तरा है। एक बार गुम हो गया था तो पोस्ट ऑफ़िस के चक्कर काट-काटके पूरा साल निकल गया, फिर भी पूरा पैसा नहीं मिला।"

"क्यों?"

"पता नहीं, क्या-क्या काट लिया उसमें! लेटर में तो फिर भी पहुँच जाता है।"

रघुनाथ समझा रहा था :

"पाँच नोट क्यों डालते हो, पाँच सौ का एक ही नोट डालो!"

"पाँच सौ का नोट अभी कहाँ से मिलेगा?"

"बैंक से मिल जाएगा।"

"वहीं तो झमेला हो गया। नहीं तो इतना पैसा ले के घूमता था मैं? हर महीने जलगाँव से ले के आता हूँ इधर जमा कराने, आज बैंक गया तो अचानक स्ट्राइक हो गई। अब इतना पैसा लेके सोच रहा था, क्या करूँ? बस भी मिस हो गई। बम्बई में कल तक रहना पड़ेगा।...होटल वाले से पूछूँ?"

रघुनाथ ने राय दी :

"ख़्वाहमख़्वाह पता चलेगा। उधर केबिन में चल के बैठो, मैं देता हूँ!"

कुछ बौखलाए उठकर केबिन की तरफ़ बढ़े। वेटर ने देखा तो रघु ने कहा :

"चाय ले आओ, उधर केबिन में बैठता हूँ!"

दोनों केबिन में आकर बैठ गए। रघु ने अपना थैला खोला। ऊपर से कपड़े हटाए और एक बड़ा-सा पाँच सौ का नोटों का बंडल निकालकर एक नोट अजनबी

आदमी के हवाले किया और सौ-सौ के पाँच नोट ले लिये। उसी वक़्त वेटर ने झाँककर देखा। अजनबी बोला :

"एक...एक बियर लाओ (रघु की तरफ़ देखा) आपके लिए...?"

"मैं नहीं पीता।"

"मैं भी पीता नहीं...ऐसे ही सोच के आया था कि चलो...कुछ होता नहीं बियर से!"

"मैं जानता हूँ लेकिन..."

"ट्राई तो कीजिए।"

वेटर की तरफ़ मुड़ा।

"दो बियर लाओ!"

वेटर चला गया और वो रघु से मुख़ातिब हुआ :

"इतना रुपये साथ ले के क्यों घूम रहे हो बम्बई में?"

रघु मुस्कुराया :

"तुम भी तो इतना रुपया ले के घूम रहे हो!"

"मैं तो...मजबूरी है, लेकिन मेरे पास इतना नहीं जितना तुम्हारे पास है। बहुत जोखम का काम है।"

"जोखम में...तुम हो न...मदद करने के लिए!"

"बिलकुल...और मेरे जोखम में आप हैं!"

अजनबी ने हाथ बढ़ाया :

"मेरा नाम गोपाल शुक्ला है!"

"मेरा रघुनाथ..."

"रघुनाथ क्या...? सर्नेम क्या है?"

"वो छोड़ दिया मैंने। इतने बड़े आदमी का सर्नेम है कि अपने जैसे चिरकुट आदमी को मैच नहीं करता।"

गोपाल को बात बड़ी दिलचस्प लगी। वेटर ने आकर बियर गिलासों में डालनी शुरू की। गोपाल बोला :

"फिर भी सरनेम है क्या?"

"बोला न, बहुत बड़े महापुरुष का सरनेम है, मैच नहीं करता। अभी देखो न, बियर के साथ हम को गांधी जी बुलाएगा तो बुरा उन्हें लगेगा!"

गोपाल बहुत ज़ोर से हँसा।
"बहुत ही इंट्रेस्टिंग आदमी हो गांधी...मतलब रघुनाथ!"

दोनों ने गिलास उठाकर पहला घूँट लिया...और बोले :
"चियर्ज़!"

थोड़ी देर में बियर की चार बोतलें ख़ाली हो गईं और रघुनाथ कह रहा था :
"नहीं, नहीं, छोटे-मोटे लॉजिंग बोर्डिंग में नहीं रहना। चोर बसते हैं वहाँ। कोई भी फाँदेबाज़ी कर जाए तो ये थैला भी गया—मैं भी।"

गला कटने का इशारा किया रघु ने, और थैला थाम लिया।
"किसी अच्छे होटल में चल के रहते हैं, तुम भी रह जाओ मेरे साथ। एक दिन की तो बात है, और दोनों का पैसा भी सेफ़ रहेगा। तुम मेरे पैसे का ख़याल रखना, मैं तुम्हारा ख़याल रखूँगा—क्या?"
"ठीक है, ऐसा करते हैं, टैक्सी लेते हैं और सीधा हॉरिज़ोन होटल चलते हैं।"
"अच्छा होटल है?"
"हाँ, सब कुछ मिलेगा, स्विमिंग पूल भी है।"
"उसमें क्या है?"
"पानी है और नहाते हैं लोग।"

वेटर वापस लौटा।
"कुछ खाने को लाऊँ साब?"
"नहीं, बिल लाओ!"

3

गोपाल और रघु टैक्सी में सफ़र कर रहे थे।
"तुम्हारा सामान कहाँ है?"
"ये रहा थैले में।"
"नहीं...मेरा मतलब कपड़े वग़ैरह, कितने दिन रहोगे?"
"एक दिन, नहीं तो दो दिन, क्यों?"

गोपाल ने सरगोशी में पूछा :

"तो फिर इतना पैसे लेकर क्यों घूम रहे हो?"

रघु ने भी सरगोशी में जवाब दिया :

"मैं एक प्रॉपर्टी बेच के आया हूँ। बम्बई में लोग कहते हैं, ठीक धंधे में लगा दो तो दो के चार और चार के बारह हो जाते हैं। जानते हो ऐसा कोई धंधा?"

गोपाल मुस्कुराया और झिझक के बोला :

"धंधे तो बहुत हैं, लेकिन मैं ऐसे किसी काम में तुमको नहीं पड़ने दूँगा।"

"कैसे काम हैं?"

"यही जैसे फ़िल्म लाइन है। अब...आजकल तो टी.वी. सीरियल का धंधा भी बहुत अच्छा है, लेकिन पैसे वो अच्छे, जो अपनी मुट्ठी में हों!"

ये कहते हुए गोपाल ने थैला पकड़ के बताया। रघु ने धीरे से थैला अलग कर लिया और पूछा :

"वो तो है। फिर क्या करना चाहिए?"

"चलकर स्वीमिंग कॉस्ट्यूम ख़रीदते हैं!"

"उससे क्या होगा?"

"होटल में जाएँगे तो स्वीमिंग करेंगे, किराया तो वही लगने वाला है, फिर पूरा फ़ायदा क्यों नहीं उठाएँ? वहीं ठंडी हवा में बैठकर सोचते हैं कि क्या करना है।"

"ठंडे पानी में बैठकर?"

"पूल किनारे...अरे ड्राइवर, बस इधर रोक दो। वो सामने दुकान है।"

4

गोपाल ने दुकान में आकर ऑर्डर दिया :

"साब के साइज़ का स्वीमिंग कॉस्ट्यूम दो!"

रघु ने टोका :

"कौन-से साब को?"

"तुम्हारे साइज़ का भाई!"
"ओहो...(Giggles) मैं भी साला साब बन गया!"

दुकानदार ने एक कॉस्ट्यूम दिखाया।
"ये फ़िट हो जाना चाहिए आपको।"
"Examining it—रघुनाथ, जाओ, ट्राइ कर लो। वो सामने ड्रेसिंग रूम है।"

रघु मुड़ा तो गोपाल ने कहा :
"लाओ थैला, मुझे दे दो। मैं ख़याल रखूँगा इसका।"
"नहीं-नहीं, मैं सँभाल लूँगा।"
"अरे, वहाँ कहाँ साथ रखोगे? मेरे पास रख जाओ!"
"रुपये भी निकालने होंगे न!"

और वो अन्दर चला गया। गोपाल ने दुकानदार से पूछा :
"एक फ़ोन कर सकता हूँ?"
"जी—उधर है।"

गोपाल जाकर फ़ोन करने लगा :
"हैलो—राजन!"

दूसरी तरफ़ राजन ग़ौर से सुनने लगा।

4 (A)

गोपाल फ़ोन पे कह रहा था :
"हाँ...अच्छा...ओके...ये ठीक है। बेफ़िक्र रहो। मैं साये की तरह साथ रहूँगा। मुझ पर छोड़ दो। सब इन्तज़ाम पक्का रखूँगा। नहीं छोड़ेगा तो ले चलेंगे अड्डे पर। अपने-आप खुल जाएगा।"

रघु ड्रेसिंग रूम से बाहर आ गया। गोपाल ने सामने आकर पूछा :
"ठीक है?"

"बिलकुल—पहन भी लिया मैंने। हाँ, साब, कितने पैसे?"

दुकानदार रसीद बनाने लगा।

5

दोनों स्वीमिंग पूल पर नहाने आए तो गोपाल ने कहा :

"थैला यहाँ लाने की क्या ज़रूरत थी? रूम में ही रख आना चाहिए था। अब यहाँ कहाँ रखा है?"

"बेफ़िक्र रहो। मेरी नज़र में है।"

गोपाल और रघु पूल में तैर रहे थे। गोपाल ने इधर-उधर देखा। थैला कहीं नज़र नहीं आया। एक तरफ़ से राजन ने आकर इशारा किया मेज़ की तरफ़। और वो भी तैरने लगा।

रघु और गोपाल पूल से बाहर आकर तौलिए से बदन पोंछने लगे। राजन अपने टेबल पे बैठा आमलेट खा रहा था। चलते हुए रघु ने राजन के पीछे पड़े कुछ तौलियों के नीचे से अपना थैला उठाया और चल दिया।

गोपाल ने हैरत से राजन की तरफ़ देखा। राजन को भी हैरत हुई।

रघु ने वो सब नज़रअन्दाज़ कर दिया और मुस्कुरा के गोपाल से कहा :

"चलो दोस्त—देखो, चोर की नज़र ऐसी जगह पर कभी नहीं पड़ती!"

और वो निकल गए।

6

कमरे में रघु ने थैला अलमारी में टाँग दिया। गोपाल बोला :

"ये क्या कर रहे हो? बिलकुल सामने टाँग रहे हो। कोई भी देख लेगा!"

"देखो, चोर कभी भी सामने पड़ी चीज़ नहीं देखता, हमेशा कोने-खुदरे ढूँढ़ता है। माल ऐसी जगह रखो, जहाँ चोर का ख़याल भी न जाए—क्या?"

"अच्छा भाई—अब तुम नहाओगे पहले या मैं नहा लूँ?"
"तुम नहा लो, और फिर खाना मँगाया जाए!"
"खाना नीचे चल के खाएँगे, डाइनिंग हॉल में।"
"तुम नहा लो।"

बाथरूम में जाते हुए गोपाल ने एक नज़र थैले की तरफ़ देख लिया। नहाते हुए भी सुनता रहा, लेकिन बाहर से कोई खटका नहीं हुआ।

एक बार झाँक के देखा तो रघु बिस्तर पे सो रहा था। बाहर निकलते ही आवाज़ दी।

"रघुनाथ!"

आँखें मलते रघु जाग गया।

"चल, नहा ले जल्दी से, फिर खाना खाने चलें। बहुत भूख लग रही है!"

रघु ने जम्हाई ली, तौलिया उठाया और बाथरूम में चला गया।

गोपाल ने कपड़े पहन के अलमारी खोली तो थैला वहाँ नहीं था। बड़ा परेशान हुआ। कमरे के कोने-खुदरे सब झाँक लिये, लेकिन थैला नदारद! खिड़की से बाहर झाँका तो राजन ने पूछा :

"क्या हुआ?"

"(सरगोशी में) मिला नहीं—पता नहीं, कहाँ रख दिया है!"

गोपाल ने फ्रिज से बोतल निकाल के दो घूँट पानी पिया। तब तक रघु भी बाहर आ गया।

"चलो, अब तो अपनी भूख भी चमक गई।"

गोपाल की उलझन बढ़ने लगी। तैयार होके रघु ने कमरे की चाबी ली और दोनों चल दिये। कुछ क़दम आगे जाकर रघु रुका।

"कुछ भूल रहा हूँ, लगता है। अधूरा—अधूरा लग रहा हूँ। कुछ भूल तो नहीं गया?"

"शायद थैला रह गया है तुम्हारा!"

"अरे...उसे कैसे भूल गया मैं? अभी आया।"

रघु जल्दी से वापस आ गया। राजन दूर से एक नज़र मिलाई आपस में। तब तक रघु थैले को झाड़ता हुआ वापस आ गया।

"हत् तेरी की, ठंडा पड़ गाया बिलकुल! बर्फ़ जम गई।"

"वो कैसे? कहाँ रखा था?"

"फ्रिजर में, प्लास्टिक में डाल के। बोला न, चोर जा सकता है उधर, लेकिन उसका ख़याल नहीं जा सकता।"

दोनों कॉरिडोर में आगे बढ़ गए।

7

हॉल में जाकर बैठे तो म्यूज़िक चल रहा था। रघु ने मेन्यू उठाया और सफ़हे के दाएँ तरफ़ देखने लगा। गोपाल ने पूछा :

"क्या मँगाएँ?"

"वो तुम देखो—मैं तो हमेशा इधर से पढ़ता हूँ, मेन्यू, जहाँ प्राइस लिखी है!"

"वेजिटेरियन कि नॉन-वेजिटेरियन?"

"दोनों मँगाओ यार। लेकिन बियर ज़रूर मँगाओ। उसमें कुछ होता नहीं। लेकिन फिर भी अच्छी लगती है।"

राजन भी दाख़िल हुआ हॉल में और दूर एक मेज़ पर जाकर बैठ गया। वेटर रघु के टेबल पे आया तो रघु ने कहा :

"अच्छी ताज़ा बियर लाओ!"

गोपाल बोला :

"बिलकुल ठंडी, ये साब के थैले की तरह! फ्रिजर से निकाल के!"

वेटर चला गया और एक लड़की ट्रे में गिलास और बियर लेकर गुज़री। रघु ने पूछा :

"ये लड़की अन्दर किसके लिए बियर लेके जाती है? दस मिनट में तीन बोतल लेकर गई है। देखना चाहिए, अन्दर कौन है, इतनी बियर पीने वाला!"

"अन्दर क्या है, जानते हो?"

रघु ने सवालिया निगाहों से देखा।

"अन्दर वही है जहाँ दो का चार और चार का बारह होता है।"

"मतलब?"

"जुआ चलता है।"

"पत्तों का?"

"हा, क़िस्मत भी ताश के पत्तों की तरह उल्टी-सीधी होती रहती है! चलना है?"

"(reluctantly) जुआ खेलने?"

"क़िस्मत आज़माने। ज़िन्दगी में एक बार ये भी देख लो। जैसे बियर पी के देखी है।"

वेटर ने बियर लाकर रख दी। गोपाल गिलास में डालने लगा। वही लड़की फिर से गुज़री। रघु ने बताया :

"वो फिर आ गई!"

"अन्दर बियर भी लड़कियाँ ही पिलाएँगी। चलना है?"

रघु सोच में पड़ गया। गोपाल ने गिलास आगे बढ़ाया।

"चियर्ज़...!"

एक लम्बा घूँट लेकर रघु ने पूछा :

"गोपाल भाई, ये बात बताओ, तुम्हें तीन पत्ती खेलनी आती है?"

"(एक ख़ामोशी के बाद) आती है। जब हॉस्टल में पढ़ता था, तब सीखी थी।"

"आती तो मुझे भी है, लेकिन अच्छी तरह नहीं आती। अगर तुम खेलो मेरे लिए तो एक चांस ले सकता हूँ। वो पाँच सौ रुपये का छुट्टा सौ-सौ का, जो सुबह तुमने दिया था—बस, वही लगा के देख लूँ!"

"पाँच सौ बहुत हैं। ज़्यादा देर रुकना नहीं। जैसे ही हज़ार-हज़ार बन जाए, तो खिसक लेना। जुआ में बस लालच बहुत मारता है।"

रघु गिलास उठाते हुए :

"लालच तो मैं करता ही नहीं कभी भी। जितना दिया है भगवान ने, बस वही सँभाल के रखता हूँ। उसमें किसी को हाथ नहीं लगाने देता।"

उसने फिर से थैला निकाला और बियर का गिलास टकराया।

"चियर्ज़...!"

8

कार्डरूम में गोपाल, जहाँ राजन ताश फेंक रहा था, उस टेबल पर गोपाल रघु के साथ आया। गोपाल खेलेगा और रघु बग़ल में बैठकर देखेगा।

गोपाल ने शुरू में ही ब्लाइंड खेला। राजन ने ब्लाइंड के पत्ते डाल दिये।

गोपाल ने रघु को देखा। रघु ने फिर ब्लाइंड का इशारा किया।

एक-दो चालों के बाद, राजन ने पत्ते उठा लिये। गोपाल ने भी। उसी वक़्त वही वेटर फिर आई। व्हिस्की ड्रिंक रखके चली गई। गोपाल ने मुड़के रघु से कहा :

"पी ले, फ़्री मिलती है। पहली ड्रिंक ऑन दी हाउस (on the house) होती है।"

राजन ने गोपाल के पीछे खड़े आदमी के काले चश्मे में उसके पत्ते देख लिये। पत्ते दिखा के वो शख़्स वहाँ से टहल गया।

राजन पत्ते फेंक दिये और गोपाल बाज़ी जीत गया। रघु ख़ुश होकर ड्रिंक पीने लगा।

दो-एक बाज़ियों के बाद गोपाल कुछ ख़ुफ़िया इशारे देने लगा राजन को, जो देख नहीं पाया रघु। और बाज़ी पलटने लगी। रघु हारने लगा। गोपाल ने और पैसे माँगे, रघु थैले से पाँच सौ के नोट निकाल के देने लगा।

बाज़ी की रक़म भी बढ़ने लगी। काले चश्मे वाला बार-बार गोपाल के पीछे आकर खड़ा होता और फिर टहल जाता।

ड्रिंक भी और आने लगी। गोपाल और पैसे निकलवाने लगा, तो रघु ने कहा :

"अब तू इधर हो जा, मैं खेलता हूँ—क्या?"

गोपाल ने राजन की तरफ़ देखा। रघु वो बाज़ी भी हार गया। रघु ने कहा :

"यार, ताश की नई गड्डी निकालो!"

राजन ने एक नई गड्डी मँगाकर फेंट के लिए दे दी। अब कार्ड बँटे तो रघु ने पत्ते उठा लिये और गोपाल को नहीं दिखाए।

"ठहर जा, अभी सूँघ रहा हूँ पत्ते!"

नाक के पास लाकर सूँघे उसने। काले चश्मे वाला फिर पीछे आकर खड़ा हो गया। रघु मुड़ा उसकी तरफ़।

"पीछे से हट जा भाई, ज़रा लाइट आने दे।"

वो शख़्स हट गया, लेकिन राजन और गोपाल, दोनों के चेहरे पर सिलवट आई।

ये भारी बाज़ी रघु ने जीत ली। और फिर पत्ते हाथ में लेकर फेंटे और गड्डी काटी—जो रस्म है।

"बस, एक और आर-पार का हाथ हो जाए, फिर चलते हैं!"

राजन ने बहुत बड़ा ब्लाइंड खेला। रघु ने अपने पैसे गिने और सब-के-सब दाँव पर लगा दिये।

"चल यार, तू अन्धा तो मैं भी अन्धा!"

राजन के माथे पर फ़िक्र की त्योरी चढ़ आई। इधर-उधर पैसों के लिए और फिर पत्ते उठा लिये। 'तीन बादशाह' निकले!

रघु ने अपने पत्ते एहतियात से उठाए। शराब वाली लड़की फिर से दाख़िल हुई। शराब के तीन गिलास लाकर सामने रखे। रघु पत्ते लिये थे। लड़की को देखकर बोला :

"रानियाँ ही रानियाँ लगती हैं सब!"

मुस्कुरा के वो वापस चली गई। रघु बुड़बुड़ाया :

"लगता है, चढ़ गई है। अब तो एक की तीन नज़र आती हैं!"

गोपाल ने पत्ते देखने की कोशिश की लेकिन रघु ने छुपा लिया।

"रानियों को बेपर्दा नहीं करते। घूँघट में रहने दो।"

रघु ने थैले से एक और बड़ा बंडल निकाला और चाल चल दी। राजन ने भी अन्दर की जेब से एक बड़ी रक़म निकाली, और चाल चल दी। रघु ने मज़ाक़ से कहा :

"बादशाह है तो रानियों का शो कर ले। राजा हो तो रानियों के पर्दे हटा दो।"

राजन के पसीने छूटने लगे। उसने मुँह पोंछा। रघु बोला :

"चलो...शो कर दो!"

रघु ने एक बड़े जुआरी के अन्दाज़ से एक-एक करके तीनों इक्के मेज़ पर रख दिये और बोला :

"बेटा, पसीना पोंछ ले। कुर्सी पे पड़ा थैला नज़र नहीं आया तुझे तो इक्के कहाँ से नज़र आएँगे!"

घसीट के रघु ने सारी पूँजी अपने थैले में भर ली। आसपास जमा हुए लोग क़रीब आए। रघु ने बड़े आराम से थैली में हाथ डाला और एक भरा हुआ रिवॉल्वर निकाला। आसपास के खड़े लोग कई क़दम पीछे हट गए। गोपाल ने उठने की कोशिश की। रघु ने पिस्तौल उसकी कनपट्टी पे रख दी।

"बैठे रहो गोपाल बाबू!"

गोपाल सहम के फ़ौरन बैठ गया।

"वैसे आपका नाम गोपाल तो है नहीं, द्वारका है। और ये रहा आपका ड्राइविंग लाइसेंस जो मैंने आपके पर्स से चोरी कर लिया था।"

और अंग्रेज़ी में कहा :

"I hope you don't mind, but I had to verity you identity."

और फिर राजन से कहा कि लोग सुन सकें :

"आपका नाम तो नहीं मालूम, लेकिन आपकी ज़ात मैं उसी वक़्त पहचान गया था, जब आप पूल पर मेरी मेज़ के चक्कर लगा रहे थे।

"देखो भाई, अपना धन्धा भी यही है। लेकिन जुआरी हो तो तीन इक्के लेकर शो नहीं कराता। जुआरी नहीं हूँ। जुआख़ाना चलाता हूँ। तुम्हारी तरह नासिक में। बम्बई की तारीफ़ सुनी थी इसलिए इधर देखने आया, देख लिया। तुम्हें तो अभी पत्ते भी लगाने नहीं आते। Gambling Den क्या चलाओगे? काला चश्मा पहन कर फ़िल्मों में पत्ते दिखाते हैं, रीयल में नहीं!"

और फिर एक सूटेड-बूटेड जिसके कोट पर मैनेजर का बिल्ला लगा था, उससे मुख़ातिब हुआ :

"मि. मैनेजर, अपना नासिक का जुआख़ाना इधर से अच्छा है, लेकिन ये मॉडर्न सामान नहीं है। यही देखने के लिए इधर तक आया था। और तुम्हारे इस आदमी ने ठीक तरह गाइड किया अपने को।

"पता नहीं, इसने गाइड किया हमको या हमने गाइड किया! तैयार तो मैं कर रहा था इसको, वो तो सिर्फ़ रास्ता दिखा रहा था।"

मैनेजर ने मुस्कुरा के आगे बढ़ने की कोशिश की, रघु ने हाथ से रोक दिया : "आगे मत बढ़ना। तुम हमको नौकरी ऑफ़र करना चाहते हो। मुँहमाँगी तनख़्वाह दोगे। अरे, मैं नौकर नहीं, मालिक हूँ। तुम्हें नौकरी चाहिए तो नासिक आ जाना।"

रघु ने थैला उठाया, कन्धे पर डाला, और हवा में एक फ़ायर करके, आराम से चलता हुआ बाहर चला गया।

[फ़ेड आउट]